小学生经典名著阅读课程化系列

欧洲民间故事

张欣瑜／主编
黄　伟／译

U0798823

北京出版集团
北京教育出版社

图书在版编目（CIP）数据

欧洲民间故事 / 张欣瑜主编 ；黄伟译. -- 北京 ：北京教育出版社，2025.6. --（小学生经典名著阅读课程化系列）. -- ISBN 978-7-5704-5529-4

Ⅰ. I507.3

中国国家版本馆CIP数据核字第20251WT957号

小学生经典名著阅读课程化系列

欧洲民间故事

张欣瑜 / 主编
黄　伟 / 译

*

北京出版集团
北京教育出版社　出版
（北京北三环中路6号）
邮政编码：100120

网址：www.bph.com.cn
北京出版集团总发行
全国各地书店经销
三河市嘉科万达彩色印刷有限公司印刷

*

710mm × 980mm　16开本　10印张　133千字
2025年6月第1版　2025年6月第1次印刷

ISBN 978-7-5704-5529-4
定价：32.80元

名师教你整本书阅读策略

阅读策略是基于一定的阅读目的，用来提高阅读效果的阅读技巧和方法。掌握阅读策略，不仅是语文教材对学生的要求，也是读者能快速提高阅读能力的关键。为让读者更好地阅读和使用本书，我们为读者提供了以下几点策略：

一 进行合理的预测

预测就是指根据现有信息对文章中人物命运的发展、情节的变化、故事的结局等进行合理的推测，并在之后的阅读中对自己的预测进行验证。预测是没有绝对的对错之分的，我们可以在寻求验证的过程中不断修改自己的预测。在预测时，我们不能毫无根据地想象，应该有一定的依据。

1. 针对书名或篇名预测

无论是一本书的书名还是一篇文章的篇名，常常体现着整个文本的主旨，所以我们可以根据书名或者篇名来预测文本的主要内容。

2. 联系生活经验预测

有时候，我们还可以根据自己的生活经验来预测后文的发展情况。这样的预测依据来源于生活，有利于我们将所读文本与生活实际相联系，从而加深对文本内容的理解。

3. 联系上下文，根据关键句或者文字细节预测

文章中一些关键的语句和细节也会暗示故事的发展，当读到这些关键地方时，我们可以先弄懂作者暗藏的意思，然后根据暗

示的方向对后文进行预测。如《神笔马良》中，当读到开头部分马良说的“为什么穷孩子不能拿笔，连画也不能学呢？我就是要学画画！”时，我们可以预测：如果马良真的得到了一支神笔，他应该会十分珍惜，并用这支神笔帮助穷苦的老百姓改变命运。

二 提问，让思考伴随阅读

提问的过程就是一个思考的过程。学会对文本进行提问，并从中寻找答案，可以提高自己的阅读能力。

提问的方向不是单一的，我们可以从文本内容、写作手法、启示等不同角度来提问。如在读《爱的教育》一书时，我们可以针对写作手法提问：作者用第一人称，从儿童的视角来描述故事，对作品的呈现有什么好处？

提问可以针对全文，也可以针对文本的部分内容。如读到《爱丽丝漫游奇境》中爱丽丝想安慰老鼠却不愿意说自己不喜欢猫的情节时，我们可以提问：爱丽丝为什么不愿意说自己不喜欢猫呢？

我们可以将自己在阅读中所提的问题写在一张卡片上，并在阅读后对卡片上的问题进行总结，看看哪些问题引导你对文本有了更深入的理解，哪些问题引发了你对书中内容其他方向的思考，哪些问题没有固定的答案……从而锻炼自己提问和思考的能力。

三 整合信息，让阅读更有条理

整合信息就是将书中看似散乱无序的信息整理为有逻辑、有顺序的系统化的信息，这是学生需要锻炼的重要能力之一。整合信息能力的培养有一个从易到难的过程，即从提取单一信息到提取多个信息，然后进行比较、整理，并做出解释。

1. 根据关键词句概括一段话的大意

关键词句往往包含着文本的线索，或者表现着作者的思想感情和文本的中心思想。要概括一段话的大意，我们可以先找到本段的关键词句，通过理解关键词句的意思来概括。如《稻草人》中有这样一段话：

> 稻草人非常尽责任。要是拿牛跟他比，牛比他懒怠多了，有时躺在地上，抬起头看天；要是拿狗跟他比，狗比他顽皮多了，有时到处乱跑，累得主人四外去找寻。他从来不嫌烦，像牛那样躺着看天；也从来不贪玩，像狗那样到处乱跑。他安安静静地看着田地，手里的扇子轻轻摇动，赶走那些飞来的小雀，他们是来吃新结的稻穗的。他不吃饭，也不睡觉，就是坐下歇一歇也不肯，总是直挺挺地站在那里。

这段话比较长，但只要找到关键句“稻草人非常尽责任”，我们就可以知道这段文字主要是说稻草人很有责任心。

2. 关注主要人物和事件，获得文本线索

小学生所阅读的书籍多数是由主人公和事件等要素组成的。找到书里的主要人物，弄清围绕主要人物发生了什么事情，通过整理这些内容，可以有方向、有目标地处理自己在阅读过程中获得的信息，摒弃掉不重要的描写，从而获得一条简洁、有条理的文本线索。

3. 把握文本主要内容，复述情节

在学会把握整本书的内容后，我们可以试着锻炼自己复述情节的能力。复述情节可以分为两个阶段。第一个阶段只需简要复述，将自己看过的书本的内容，经过信息整理后，用自己的语言

把大致内容复述出来。第二个阶段要求创造性复述，要求学生结合自己的理解复述内容。创造性复述情节的形式多样，可以口头叙述，可以改编成剧本并表演，可以写成演讲稿并组织演讲活动，等等。

4. 注意梳理信息，把握内容要点

在阅读过程中，我们可以尝试概括出所读内容的要点、框架和故事梗概，或者写出某一章节的提要和基本内容，这样有助于培养我们的概括能力和表达能力。

5. 对印象深刻的人物和情节进行交流

语文学习的目的是与人沟通交流，阅读也是如此。阅读所得也可以拿来与别人进行交流，如可以联系生活实际，对书本中印象深刻的人物和情节进行交流。交流形式可以选择座谈会、辩论赛等。

四 找出主旨和重点是阅读的关键

语文教材十分重视学生对人文主题的感悟，包括引导学生体会和感受课文中蕴含的情感、道理、品质精神、人生态度、价值观等，这是学生在学习中应该学会的一种能力，也就是了解文章的主旨和重点。但是比了解一篇文章的主旨和重点更重要的是要学会怎样去找出文章的主旨和重点。

1. 通过关键词句体会情感

如《灰尘的旅行》中《经济关系》一篇有这样的内容：

> 将来战事一旦结束，人类触目伤心，能不怪我的无情吗？在平时，我本有传染病的罪名；在战时，我又加上帮凶的暴行啊！他们要更加痛恨我了。

这段文字说明战争给细菌提供了传播机会，加快了细菌的传播速度，表达了作者对战争的厌恶之情，体现了一个科学家的人文关怀。

2. 抓住人物语言、动作等细节

如《中国神话故事》中《精卫填海》一文有这样一段描写：

> 精卫飞翔着，悲鸣着，离开大海，又飞回西山上，衔着石子儿和树枝飞往大海。她往返飞翔，从不休息，直到今天，她还在做着这件事。

作者通过描写精卫“离开”“又飞回”“往返飞翔”等动作和细节，有力地赞美了她顽强执着、锲而不舍的精神。

3. 抓住场景和环境描写

如《安徒生童话》中《卖火柴的小女孩》一文的环境描写：

> 当太阳升起的时候，已经不是那个悲伤的一年中的最后一夜了，这是新年的第一天，天气暖和起来了。大街上已经有一些人出来走动了。那个卖火柴的小女孩，穿着破破烂烂、光着小脚的小女孩，此时此刻面带微笑地坐在那个冰雪还没有融化的墙角。她的微笑已经被冻僵了，旧年的最后一夜，她在飘飘扬扬的鹅毛大雪中，被冻死在那两幢大房子之间的偏僻的墙角，她全身一片雪白，手上剩下的火柴也是白的。

作者用升起的太阳、新年第一天走动的人们、大房子与冻死的、穿得破破烂烂的小女孩做对比，这样的环境描写进一步强化了主题，表现出贫富差距过大是小女孩死亡的重要原因之一。

4. 结合文本特点

如在阅读科普文《灰尘的旅行》时，不仅要注意科普文的文学特质，还要注意它的说明特质，了解其中所蕴含的科学知识。作者在《土壤革命》一节中讲述了细菌化解死物，为土壤提供养分。在文章结尾，作者写道：

> 而今科学先生和人类大众，若只因一时的气愤，为了我的那些少数不良分子的蛮动，而诅咒我的灭亡，那真是冤屈了我在土壤里的苦心经营。

作者用第一人称的方式讲述关于细菌知识的同时，也告诉我们不要只看到细菌对人类的危害，也要看到它有益的一面，要用客观、科学的态度看待细菌，树立正确的科学观。

以上是我们讲的一些大致的阅读策略和方法，除此之外还有很多阅读方法，但是篇幅有限，不能穷尽，而且每个人的阅读水平、阅读目的不同，所采用的方法也会不同。这还需要同学们在阅读中逐渐摸索，不断钻研，在实践中运用自己所学到的阅读方法，并学会选择更适合自己的阅读方法，从而更有效率地阅读，提升综合运用的能力。

目录

杰克和豆茎

从前，有一个名叫杰克的小伙子，他是一名骑士的后代。骑士前往某处跟巨人打仗后就再也没有回来，从此杰克和母亲二人相依为命。

这年的冬天很冷，杰克的母亲生病了，杰克还没有工作，家里渐渐变得贫困。一天，杰克外出找工作时，在路边捡到了一颗非常漂亮的豆子。那天他依然没有找到工作，晚上回到家他心情烦闷，只吃了一点儿晚饭，不知道明天还有没有吃的。睡觉前，杰克把那颗豆子种在了自家院子里。

第二天，杰克一早醒来，他惊讶地发现豆子一夜之间已经长得很高了，豆茎高耸入云，根本就看不到顶端。豆茎彼此缠绕着，形成了一架结实的梯子。杰克叫来了母亲，两人一起怔怔地盯着豆茎。豆茎不仅高，也粗得足以承载杰克的体重。

“不知道它的尽头在哪里，”杰克对母亲说，“我想爬上去看看。”

母亲觉得这个豆茎很奇怪，不希望儿子去冒险，但杰克执意要攀上豆茎，他坚信豆茎上有神奇的东西。

杰克开始攀登了，他踩着豆叶，爬上了高处。他越爬越高，渐渐地，连屋顶、钟楼、村庄都看不清了，却还看不到豆茎的顶端。他有些累了，很想休息一下，可他一向做什么事情都持之以恒，知道只有不放弃才能取得成功，所以休息了片刻就又继续攀登了。

杰克越爬越高，直到高得他不敢往下看，最后他终于爬到了豆茎的顶端。杰克惊奇地发现，这里竟然有一个美丽的世界，林木葱茏，漂亮的牧场上满是羊群，一条清澈的溪流从草甸间流过，离他不远的地方坐落着一座雄伟坚固的城堡。

杰克正看得出神，一位样子很怪的老妇人从树林里走出来，她戴了一顶上翻的貂皮红缎尖顶棉帽，头发随意地披在肩上，手里拿着一根手杖。她看着杰克问："你是谁？从哪儿来的？"

"我叫杰克，是从下面爬上来的，这是您的城堡吗？"杰克对那座城堡非常感兴趣。

"不是，"老妇人说，"来，听我告诉你这座城堡的故事。"

"这座城堡在仙境的边界上，从前里面住着一位高贵的骑士。他有一位妻子和几个可爱的孩子，他的邻居矮人们对他很友好，送给他不少精美

珍贵的礼物。住在附近的一个坏心肠的巨人知道后决定把礼物占为己有。于是他贿赂了城堡里一个不忠的仆人。当骑士正在床上睡觉时，仆人把正在睡觉的骑士杀了。接着他来到城堡中的育婴室，又杀死了那里所有的孩子。

“幸亏巨人没有找到骑士的妻子。她带着仅两三个月的小儿子去看望住在山谷中的老奶奶了，因为一场暴风雨，他们那天晚上没有赶回来。第二天天刚亮，城堡里的一个忠实的仆人就赶过去告诉了骑士的妻子整件事情。一开始，骑士的妻子过于悲伤，饭也不想吃，觉也不想睡，可是老奶奶哀求她，为了这唯一幸存的孩子，请她爱惜自己的身体。就这样，骑士的妻子带着小儿子留了下来。岁月如梭，老奶奶去世了，她把小屋和里面的几样家具留给了他们，他们以干农活儿来解决衣食问题。”

老妇人接着说：“杰克，那个可怜的夫人就是你的母亲。这城堡曾是你父亲的，现在应该成为你的。”

杰克听完这番话后惊讶不已：“我的母亲！啊，夫人，我该怎么做？”

“你的职责就是为你母亲夺回城堡。但是，这件事非常困难，充满了危险，你有勇气去做吗？”

“正义所在，我什么都不怕。”杰克说。

戴红帽子的老妇人说：“记住，你需要潜进城堡，找到并带走下金蛋的鸡，然后拿走会说话的竖琴。”说完，她就消失不见了。

杰克立即决定试一试。他走到城

语文与音乐

竖琴是世界上最古老的拨弦乐器之一。由于具有丰富的内涵和美妙的音色，19世纪以后，竖琴成为大型交响乐队的常设乐器。

堡前面，吹响了挂在城堡入口处的号角。一两分钟之后，一个前额中央长着一只巨大眼睛的样子可怕的女巨人来开门了。杰克一看见她转身就要跑，却被她一把抓住，拖进了城堡。

“呵呵，”她的笑声令人毛骨悚然，“我是不会让你走的。我在这里烦透了，也非常辛苦，你就乖乖地听我的话，帮我干活儿，陪我说话吧。你得生火，给靴子打油，清扫房间，总之我丈夫外出时你什么都得帮我。他在家时我就把你藏起来，因为至今为止我所有的助手都被他吃掉了，你的味道也会吸引他的。”

杰克害怕极了，可他没有忘记自己的使命，他强打起精神说：“我很想帮你，夫人，只是我求你把我藏起来，别让你丈夫发现。”

“这孩子真乖，”女巨人点点头，继续说，“你看见我时不像其他孩子那样大喊大叫，要是你叫了，就会把我丈夫吵醒，那样他就会把你当早餐吃了。来吧，孩子，到我的衣柜里去。”

她打开一个巨大的衣柜，把杰克关在里面。衣柜上的钥匙孔非常大，杰克可以通过它看见外面发生的一切。

不久，杰克听到楼梯上传来一阵沉重的脚步声，就像一尊大炮在隆隆滚动，接着响起了打雷一样的声音：“我闻到了人的气味，不管他是活的还是死的，我要把他做成面包。”

阅读与写作

此处运用比喻的修辞手法，把巨人的脚步声比作大炮隆隆滚动的声音，生动形象地写出了巨人的重量之大。

“你变得又老又糊涂了，”女巨人责备道，“这不过是我为你做的一块新鲜的象肉大排，被你闻到了。来，坐下享用你的早餐吧。”

巨人吃过早餐后就出去散步了。女巨人打开衣柜门，叫杰克出来帮她的忙。他帮她干了一整天的活儿，等到夜幕降临，女巨人又将杰克送回了衣柜。

巨人回来吃饭了。杰克透过钥匙孔注视着他，惊讶地看见他一只手抓着一根狼骨头，另一只手将半只鸡送进了他那血盆大口。

吃完晚饭，他叫妻子把下金蛋的鸡给他拿来。

“它下蛋下得跟它在那个骑士手里时一样多。”巨人得意地说。

不一会儿，女巨人带着一只褐色的小母鸡回来了，她把鸡放在桌子上后，就出去散步了。

巨人拿起那只鸡，对它说：“下蛋！”母鸡立即就下了一个金蛋。“下蛋！”巨人又说道。母鸡就又下了一个金蛋。

这时，杰克确信这只鸡就是老妇人所说的会下金蛋的鸡。后来巨人把鸡放到墙角，没多久就呼呼大睡了，呼噜声响得像打雷。杰克见巨人睡熟后，马上推开衣柜门悄悄走出来，蹑手蹑脚地过去拎那只鸡，然后赶紧离开那个房间。他认识路，跑出城堡后找到豆茎，顺着豆茎往下爬，终于回到了家。

母亲见到儿子回来，高兴得哭了起来。杰克把那只母鸡交给母亲，把发生的事情都告诉了她。母亲很高兴，她认为这会使他们富裕起来的。

有一天，杰克趁母亲不在家，又一次爬上了豆茎，去了巨人的城堡。不过这次他化了装，女巨人没认出他，仍像上次那样把他拖进去干活儿，巨人回来时，女巨人就把他藏在衣柜里。

接着，巨人回来了，说：“我闻到了人的味道。不管他是死是活，我要把他做成三明治。”

“胡说，”女巨人说，“这只不过是一点儿烤牛犊。”不一会儿，女巨人端上来一个很大的盆子，里面是烤牛犊，于是他们吃了起来。

饭后，巨人让妻子把钱袋拿来：“这样我睡前可以数数我的金币。”“给，”女巨人把钱袋扔给他，“那个骑士的钱全在这里了。”巨人等妻子走后就取出金币数了起来，直到困倦了，就靠着椅背睡着了，呼噜声把其他一切声音都淹没了。

杰克轻轻从衣柜里溜出来，抓起钱袋就跑。他费了很大力气，顺着豆茎爬回到家中，把钱袋交给了母亲。“给，母亲，我把父亲的金币带回来了。”母亲非常高兴，但她不希望儿子为了她去冒险。

过了一段时间，杰克决定再一次到巨人的城堡去。他又一次爬上了豆茎，吹响了巨人门前的号角。愚昧的女巨人又没有认出化了装的杰克。她仍让他干活儿，然后把他藏到衣柜里。

后来巨人回来了，一进门就说：“我闻到了人的味道，无论他是不是活的，我都要把他做成汉堡。”“你真糊涂，”女巨人说，“你闻到的只不过是一只好吃的羊，我烤了给你当晚饭的。”

女巨人给他端上来一整只羊，他把羊全吃光之后说：“现在把竖琴给我拿来，你散步时我要听听音乐。”女巨人拿来了一架漂亮的竖琴，琴框上的钻石闪烁着光芒，琴弦全是金的。

“这是我从骑士那里得到的最好的东西，”巨人说，“我的竖琴是个忠实的仆人。”于是他把竖琴拉向自己，说：“弹！”竖琴演奏出一首极为温柔、哀怨的曲子。

“给我弹个催眠曲！”巨人吼道。竖琴就演奏了一首悦耳的催眠曲，巨人就在乐曲声中睡着了。

于是杰克轻轻溜出衣柜，抓起竖琴准备往外跑。可是当他迈出门槛时，竖琴突然大叫了起来：“主人！主人！”巨人听到了叫声，一下子就从座位上跳了起来。杰克很机灵，他奔跑的速度如同闪电一样快，一边逃还一边告诉竖琴自己是它旧主人的儿子。

巨人追得也很快，三步并作两步，已经离杰克很近了。巨人伸出巨手去抓杰克，但是他正好踩到了一块石头，一个踉跄，摔倒在地。

杰克趁机来到豆茎旁，沿着豆茎快速地滑了下去。巨人发出怒吼声，紧随着追了下来。杰克滑下豆茎，马上抄起院子里的斧头，猛地砍向豆茎。随着“咔嚓”一声，豆茎被杰克砍断了。巨人从豆茎上重重地摔了下来，在地上翻滚了好几圈，死了。

杰克跟母亲害怕得正浑身发抖时，一位仙女降落在他们身边，并说：“杰克！你真不愧是勇敢的骑士的儿子，面对强大的敌人，你表现出了勇敢的精神和坚定的毅力！为此，我就叫你英勇的骑士吧！你可以去继承你父亲美丽的城堡了！”

仙女驾着她的马车带杰克和他的母亲赶往城堡，路过一个村庄时，他们收留了被巨人压迫、剥削了很久的村民，带上他们一起奔向城堡。杰克带领大家聚集在城堡门口，他再次吹响了号角。女巨人从塔楼上看见他们过来了，心里害怕极了，她猜想自己的丈夫一定出事了。她急急忙忙往楼下跑，一不小心从楼梯上滚了下来，摔死了。

杰克夺回了属于自己的东西，从此他与母亲带领大家过上了富足安定的生活。

阅读与感悟

杰克勇敢地攀上了豆茎，战胜了凶恶的巨人，夺回了属于自己的东西。命运掌握在自己手中，身处困境时，勇敢地去面对、积极地去思考，才能找到解决问题的办法。

亚瑟王拔剑

亚瑟王是古不列颠富有传奇色彩的伟大国王，他是圆桌骑士的首领，被称为“永恒之王”。在很长一段时间内，亚瑟王和他的圆桌骑士被人们当成了正义和希望的象征。但是没有人知道，幼年时的亚瑟也曾经度过了一段没有希望的日子。

亚瑟是尤瑟王的儿子，为了他能平安长大，尤瑟王听从魔法师梅林的建议，将亚瑟寄养在普通的贵族家里，从此再也没有人知道他的身份，当然也没有人给他优待。

亚瑟所寄养的家庭恰好有一个和他年纪差不多的孩子，名字叫凯。亚瑟一直跟在凯的身边，如果凯有什么事情做不到，亚瑟就会帮助他。就这样，他们两个人一起慢慢长大了。

后来尤瑟王过世了，当时的人们只知道尤瑟王有一个女儿，却不知道亚瑟的存在。那么谁才是下一任国王呢？

不久，失去尤瑟王统治的国家形势开始动荡，纷争四起，百姓苦不堪言。魔法师梅林认为是时候说出真相了，他来到几位忠实的大臣面前，说：“我想，我有办法改变现在的形势。”

“真的吗？是什么办法，快点儿说给我们听听啊！”大臣们焦急万分。

“我们可以召集所有的贵族骑士，凭借那把插在一座墓园石块中的‘石中剑’来选定国王。”

“就是那把刻着‘拔出此剑者，即为英格兰之王’铭文的宝剑吗？那我们就这样做，无论是谁拔出了那把剑，他就是下一任国王。”大臣们听从了梅林的建议，并立刻将这条消息告诉了所有人。

很快，所有的贵族骑士都聚集到了那座墓园周围，他们开始按照顺序来到“石中剑”面前拔剑。每个人都希望自己能成为国王，所以都使出了全身力气，一个个咬牙切齿，面目狰狞，看起来可怕得很。不过很可惜，没有人能够拔出“石中剑”。亚瑟没有来，因为他不是贵族骑士，没有拔剑的资格。

阅读与写作

此处通过神态描写，生动地表现了众人为了成为国王，一个个拼尽全力去拔“石中剑”的样子。

后来骑士们一致决定通过比武选出新的国王。不久，比武就开始了。亚瑟跟在凯的身边观看其他人比武，凯代表他的家族参战，马上就轮到他了。

正当亚瑟兴致勃勃地观看比赛时，凯急匆匆地把他拉到一边，可怜巴巴地说：“亚瑟，我忘带剑了！”

“你说什么？”亚瑟惊讶地问，“你竟然忘记带剑了！比武马上就要开始了呀！”

“亚瑟，你帮帮我吧！我自己回去取剑肯定来不及了，你速度这么快，跑起来就像猎豹一样，你回家去帮我取剑吧！”凯哀求着。

“好吧，我回去帮你取剑。”亚瑟答应了，说完他就立刻飞奔回家。结果他跑到家门口时，发现大门紧锁，家中无人，而他又打不开门。“该怎么办呢？比武的时候凯没有剑怎么行呢？”亚瑟焦急地想。

忽然亚瑟想起了什么，迅速跑向了墓园。他想：“墓园总不会被锁起来，既然没办法回家去取凯的剑，就用‘石中剑’应付一下吧！”

亚瑟跑到了“石中剑”面前，毫不迟疑地伸出双手紧紧握住剑柄，然后一脚蹬在石块上，身子向后用力。只听见“咔”的一声，剑被拔动了，最后竟然被亚瑟完完整整地从石块中拔了出来。亚瑟兴冲冲地提着这把剑去找凯，并打算将剑交给他。

“‘石中剑’？你竟然把它拔了出来！”凯大声喊道。一瞬间，所有的目光都聚集到了这里。确确实实就是“石中剑”，毕竟站在比武场上的每一个贵族骑士都曾看见过这把剑。

“是‘石中剑’，是你亲手拔出这把剑的吗？”梅林走了过来，看着亚瑟问道。

“是的，是我拔出来的。”亚瑟看着梅林的眼

睛，从容地回答。

骑士们都不敢相信他们用尽力气都拔不出来的剑，就这样被亚瑟拔了出来，大家开始小声地讨论。不过他们很快就停了下来，因为梅林把亚瑟的身世告诉了大家。就这样，亚瑟成了新的不列颠之王。

亚瑟成为国王后，在梅林的帮助下，结束了国内混乱的形势。他扶倾济弱，体贴百姓，并带领圆桌骑士多次击退入侵者，被人们尊敬地称为“亚瑟王”。

阅读与感悟

是金子在哪里都会发光！亚瑟最终用实力证明了自己的不同凡响，让大家心服口服地承认他王者的身份。无论我们处境如何，都要用积极乐观的心态去面对生活，要善于抓住每一个机会，成为更好的自己。

聪明的牧羊人

从前有个小小的牧羊人，他很聪明也很调皮。每当放羊的时候，他在树荫下打足了盹儿，就喜欢设计一些恶作剧来捉弄来往的行人，为他们的滑稽遭遇而哈哈大笑。

这一天，天气晴朗，太阳暖暖地烘烤着大地，树叶间泻下的光斑在小牧羊人身上调皮地浮动、闪烁。他刚睡了美美的一觉，此时正闻着青草的气息伸着长长的懒腰。

这会儿，一个卖鸡蛋的农妇正顶着一篓鸡蛋，气喘吁吁地赶路。她额头流着豆大的汗珠，但仍然小心翼翼，生怕一不留神，将宝贵的鸡蛋碰碎。

“嘿嘿，看我怎么捉弄你！”小牧羊人躲到大树背后，捡起一块石头朝农妇瞄准，趁她不留神，“嗖”地扔了过去，正好落在她的脚边。

“哎哟！”农妇惨叫一声，打了个趔趄，头上的鸡蛋篓瞬间失去平衡，石头似的一骨碌滚到地上，鸡蛋摔了个七零八碎。

“哈哈哈，哈哈哈！”小牧羊人跳出来笑得捂住肚子。

农妇气得满脸通红，愤怒地说道：“你这调皮的孩子，我要诅咒你永远也长不大！除非你能找到躲在会唱歌的苹果里的女孩巴尔加利娜！但这是不可能的，连聪明的勇士也找不到她！”

小牧羊人根本没当回事，仍然日复一日在放羊的时候捉弄来往的行人。可一年一年过去，身边的小孩子一个个长成了青年小伙，他仍然还是小牧羊人的模样。

“天哪！我必须要找到躲在会唱歌的苹果里的巴尔加利娜，否则我永远也长不大啦！”于是他收拾好行李，告别了家人和自己喜爱的羊群，踏上寻找巴尔加利娜的旅程。

他来到一座木桥上，看到一个小个子的女人坐在一枚核桃壳里，伴着哗啦啦的流水不停摇晃。

“请问您是巴尔加利娜吗？虽然您没有住在会唱歌的苹果里。”小牧羊人礼貌地询问。

“噢，可爱的小牧羊人，我不是巴尔加利娜，也许这块石头能帮助你找到她！”小个子女人递给他一枚小小的石子。

他谢过小个子女人，继续踏上自己的旅程。过了几日，他又路过一座石桥，遇见一个伴着河风，在鸡蛋壳里哼着歌的小女孩。“请问您是巴尔加利娜吗？虽然您没有住在会唱歌的苹果里。”小牧羊人礼貌地询问。

“噢，善良的小牧羊人，我不是巴尔加利娜，也许这把梳子能帮助你找到她！”小女孩递给他一把明晃晃的琉璃梳子。

他谢过小女孩，继续踏上自己的旅程。这一天，他来到一条小溪边，看到一个人正在往袋子里装雾气。

“您好，请问您知道上哪儿才能找到巴尔加利娜吗？”小牧羊人礼貌地询问。

装雾气的人一刻也没有停下手头的活计，一边往一个个袋子里装着雾气，一边回答他说：“不好意思，我没有听说过巴尔加利娜，但我的宝贝也许能给你带来帮助！”

说着，他递给小牧羊人一袋子轻飘飘的雾气。

小牧羊人继续走哇走，终于走到一座磨坊边，磨坊主是一只会说话的小狐狸，他告诉小牧羊人：“我知道你要找的人是谁，不过找到她可不容易。你要一直勇敢地朝前走，走到一座敞着大门的房子，那房子里有一个挂着许多小铃铛的水晶鸟笼，笼子里就放着会唱歌的苹果。你想要拿走这个鸟笼，就一定要当心看管鸟笼的魔法师。记住！如果她的两眼是睁着的，说明她是睡着的；如果她的两眼是闭着的，说明她是醒着的。”

小牧羊人按照狐狸的指示，向着前方那条阴森、狭小的道路走去。蜿蜒曲折的小径引领他走过一株株长着黑色魔爪的大树，又蹚过一条流着绿色泉水的小溪，终于，那座敞着大门的房子出现在他的眼前。

小牧羊人心里扑通扑通直跳，但他仍然鼓起勇气，闯进那扇敞开的大门。

果然，一个满脸疮疤的魔法师正坐在摇椅上，悠闲地前后摇晃着，她的背后，水晶鸟笼里的苹果正为她哼着助眠的曲儿。

魔法师的眼睛紧闭着，他知道她正清醒着呢！

“小孩儿，快来给我捉一捉头上的虱子。”魔法师对他发出严肃的命令。

小牧羊人赶紧走过去，小心地在她那枯草般蓬乱的头发里捉起了虱子。他做得很好，魔法师舒服地打起了瞌睡，紧闭的眼睛也缓缓睁开。

小牧羊人知道她睡着了，小心地拎起鸟笼，踮着脚，一步一步往外挪动，不让上面的铃铛发出声音。可是，就在他刚刚踏出大门的刹那，上面的铃铛忽然齐声叫了起来，一边抖动着一边焦急地大喊："来人哪！捉贼啦！"

小牧羊人吓得赶紧捂住鸟笼，朝来时的小路飞跑而去。但魔法师此时已经惊醒，她手指一挥，一阵黑色的旋风中冲出一百名骑兵，朝小牧羊人猛扑而来。

小牧羊人在慌乱中掏出怀里的石子，朝背后使劲儿一丢，石子遇到土地，突然变成了一座大山，把追来的骑兵全部挡在了后面。

魔法师大吼一声，又放出两百名骑兵，继续追赶奔逃的小牧羊人。

小牧羊人急中生智，掏出那把琉璃梳子，朝背后的骑兵扔去。梳子立刻变成一座像冰山一样光滑的斜坡，两百名骑兵纷纷打滑，在斜坡上跌了个人仰马翻。

接着，魔法师使出浑身解数，放出三百名精锐的骑兵前去追赶。眼看就要被他们追上，小牧羊人将身上的袋子解了下来，里面的雾气"嗖嗖嗖"地钻了出来，形成一片又大又浓的白雾，将三百名骑兵全部围在里面，让他们再也出不来了。

就这样，小牧羊人带着水晶鸟笼和里面会唱歌的苹果，逃出了魔法师的领地，坐在一块土坡上，汗流浃背。

"好渴呀！"小牧羊人自言自语着，突然想起苹果可以解渴，他从鸟笼里拿出苹果，苹果已经停止歌唱，于是他准备切开来吃。

这时，他听到一个动听又细微的声音："拜托，请轻一点儿切，不然会伤到我的！"于是小牧羊人小心地切开苹果，吃了一半，把另一半放进口袋，继续往家的方向赶路。

终于，小牧羊人回到自己家附近。他坐在井边休息时，伸手去摸口袋里另一半苹果，却摸出一个精巧可爱的小姑娘。

小姑娘扇了扇自己美丽的金翅膀，在空中盘旋了几圈，飞到小牧羊人的鼻尖，用柔美的声音说：“我就是你要寻找的巴尔加利娜！感谢你将我从魔法师的手中解救出来，我被关在苹果里为她歌唱，日复一日，我的翅膀都快枯萎了，我的声音都快沙哑了！”

小牧羊人别提有多高兴了，把她捧在手心又跳又叫：“太好了，我找到巴尔加利娜啦！太好了，我可以长大了！”

巴尔加利娜也很高兴，她说：“是的，我要报答你，但是我现在太饿了，你能先为我拿一块米糕来吗？我喜欢吃米糕。”

小牧羊人让巴尔加利娜在井边等候。

小牧羊人刚刚离开，一个女仆来井边打水。她发现了巴尔加利娜，蹲下来端详了一会儿，对她说：“小姑娘，你怎么长得这么小巧，这么精致！”

但她的心里却想着：“而我却生得这么粗大？”

“谢谢您的赞美，我感到很荣幸！”

“天哪，你的声音为什么也这么柔美！”

“可我的嗓门却又粗又哑。”她心里这样想着，越来越生气，突然一把抓紧巴尔加利娜，将她扔进了水井。

小牧羊人回来以后找不到巴尔加利娜了，心急如焚，感到十分伤心。他不仅失去了巴尔加利娜，他自己长大的希望，也彻底破灭了。

有一天，小牧羊人的妈妈来井边打水的时候，发现水桶里有一条美丽的金鱼，就把它提回家养在了鱼缸里。小牧羊人很喜欢这条金鱼，每天都喂它食物，陪它说话，给它讲述自己寻找巴尔加利娜的冒险旅程，告诉它这是自己一生中最奇特的经历。

然而，不久后，这条鱼被隔壁的黑猫叼走吃掉了。伤心的小牧羊人把鱼骨头葬在门外。

第二年，那里居然长出了一棵小树，小树越长越高，最后把整座房子的光线都挡住了。小牧羊人只好把树砍倒，劈成木柴搬到了家里。

多年以后，妈妈去世了，小牧羊人独自一人生活在这里，他看上去比以前更瘦小了，可不管他用什么办法，仍然长不大。

小牧羊人每天清晨外出放羊，晚上才回到家里，但他再也不会捉弄来往的行人了，反而总是在有需要的时候，为他们伸出援手。

最近，他发现家里发生了奇怪的事情。晚上回到家时，早上用过的锅碗瓢勺都已经洗好了，屋子里的家具被擦拭得干净如新。

为了弄明白是谁在帮他做这些事情，他决定藏在门后观察一下，揭开这个秘密。

一天，他假装出去放羊，其实躲在了门后，不一会儿，他看到一个小姑娘从柴堆里走了出来。小姑娘抖了抖身上的金光，系上围裙，开始刷锅、洗碗、打扫房间，做完这些，她还会打开饭橱，拿出一块小小的米糕来吃。

小牧羊人猛地从门后跳出来，问道："你是谁？怎么进到我家里来的？"

小姑娘被吓了一跳，赶紧解释说："我是巴尔加利娜呀！你还记得我吗？那天女仆把我扔进水井里，我只好变成一条鱼，后来又变成鱼骨头，被埋在了你家门外，我又从鱼骨头变成了树种，后来长成了树，一个劲儿往上长，又被你劈成了木柴，如今我能慢慢变回原来的样子了。"

"啊，原来是这样啊！我怎么会忘记巴尔加利娜！"小牧羊人又惊又喜，一会儿抱抱面前的女孩，一会儿伸手去掐自己，好让自己相信这一切都不是做梦。

说来也真奇怪，从此小牧羊人的个子竟然飞快地长了起来，巴尔加利娜也跟着他一起长大了。

后来，小牧羊人长成了高大的青年，他和巴尔加利娜结了婚，从此过上了幸福、快乐的日子。

阅读与感悟

小牧羊人打坏了农妇的鸡蛋而受到永远长不大的诅咒，他因此不得不踏上寻找巴尔加利娜的旅程。我们从这个故事中可以知道：要以礼待人，要勇于承认自己的错误，并且为自己的错误而勇敢地承担后果。女仆因为嫉妒将巴尔加利娜扔进水井的做法是不对的。每个人都有自己的优点，我们要学会欣赏别人的优点，而不是嫉妒、伤害别人。

火炉里的罗西娜

从前有一个穷人，他的妻子在很年轻的时候就死了，给他留下了一个名叫罗西娜的女儿。后来，他又娶了第二个妻子。他和第二个妻子又生了一个女儿，名叫阿苏达。

两个女孩一起成长，一起上学，一起玩耍，可是每次回到家后，阿苏达都满肚子的怨气。

“妈妈，”一次回到家后她说，“我再也不和罗西娜出去玩了，看到我们的人都夸她，说她长得像朵花而且有礼貌。”

“这有什么要紧！”她妈妈回答，“无论如何，你都是我的宝贝女儿。”

阿苏达依然固执地说：“无论如何我再也不会和罗西娜一起出去了。”

看到女儿如此难受，妈妈十分痛心，便问她：“你让我怎么办呢？”

阿苏达说：“让她去放牛，再给她一磅麻让她去纺线。如果她晚上回来时牛还饿着肚子或者麻没纺好，您就教训她。”

尽管有些不忍心，可是继母还是向亲生女儿的任性屈服了。这一天，她把罗西娜叫过来说："你以后不必再和阿苏达出去了。你去放牛，喂它们吃草，同时你还要把这磅麻纺好。如果你晚上回来的时候没纺好或者牛没吃饱，我就让你尝尝我的厉害，我可把丑话说在前面了。"

罗西娜从来没有被这样的口气命令过，一下子被吓得说不出话来。既然继母已经发话了，她只好听从了。

她背着一大捆麻，牵着牛到草地里去了。在路上，她不断地问道："我的好奶牛！我怎么能既纺线又给你们割草呢？肯定需要有人帮我才行。"

听了这话，一头最老的奶牛转过头对她说："你不用慌张，罗西娜，你去给我们割草，我们来帮你纺麻，只要你说：'好奶牛哇好奶牛，用嘴纺啊纺，用角绕哇绕，帮我把线绕成球。'"

天黑了，罗西娜回到家，将喂饱的牛带回牛圈，头上顶着满满的一筐草，胳膊下还夹着一个足有一磅重的麻线团。阿苏达见了，简直要被气死了，对她妈妈说："明天您还让她去放牛，给她两磅的麻去纺，如果她纺不完，您就揍她。"

这一次，罗西娜到草地里也只是说："好奶牛哇好奶牛，用嘴纺啊纺，用角绕哇绕，帮我把线绕成球。"

晚上，罗西娜把牛喂饱了，草割好了，两磅的麻也纺好绕好了。

"你到底是怎么做到的？"气得脸色发青的阿苏达问，"为什么你一天能做这么多的事情？"

"你想让我说什么？"罗西娜对她说，"我只不过总能遇上好人罢了，这次是我的奶牛们帮了我。"

阿苏达跑到妈妈那里说："妈妈，明天让罗西娜留在家里做家务，让我去放牛，而且我也要纺线。"

妈妈满足了她。第二天，阿苏达去放牛了。她手里拿着一根木棍，为了赶着牛向前走，她不停地用棍子敲打着它们的后背和尾巴。到了草地后，她把麻往牛的角上一放，等它们纺线，可是那些奶牛一动不动。

阅读与写作

动作描写突出了阿苏达的暴戾，她的这种粗暴的态度跟罗西娜对待牛的态度形成了鲜明的对比。

“快！你们为什么不纺线？”阿苏达大喊，紧跟着便用棍子抽打它们。于是奶牛们开始晃动犄角，把麻搅得一团糟，直到成为一团麻絮。

阿苏达不愿就此善罢甘休，一天，她对妈妈说：“妈妈，我想吃野豆苗，今天晚上您让罗西娜到旁边农民家的田里去采点儿来给我吃。”

母亲为了使她高兴，叫罗西娜到旁边农民家的田里去采野豆苗。“什么？”罗西娜说，“可是我从来没有做过这样的事。再说，要是那农民看见有人在夜里进了他的田，会打我的。”

这正是阿苏达所希望的，现在她也开始以命令的口气对罗西娜说：“你必须去，否则就要挨揍了。”

这样，到了晚上，罗西娜便出去了。她翻过篱笆，进入了农民的田地，她没有找到野豆苗，却看见了一个蟾蜍窝，里面有五只小蟾蜍。“多可爱的小蟾蜍哇！”她说着，把它们捧了起来，放在腿上，有一只掉了下来，摔断了一条腿。“哎呀，对不起，小蟾蜍，我不是故意的。”她说。

她腿上的四只小蟾蜍见她这样有礼貌，便说：“小姑娘，你对我们这样好，我们要给你一个回报，你将变成世界上最可爱的女孩，而且像太阳一样耀眼，无论是在多云时还是在晴天时。”

可那只摔坏腿的小蟾蜍却说："我可不觉得她有那么好，她把我的腿摔坏了，她本来可以更加小心的。因此，我要让她在见到第一缕阳光时就变成一条蛇。直到她走进一个点燃的火炉，才能变成人。"

罗西娜带着一半的欢喜和一半的恐惧回到了家。在黑夜里，她全身散发着光芒。

继母和狠心的妹妹见到她变得像太阳一样光芒四射，不由得都惊呆了。她向她们讲述了她在田里的经历。她最后说："求求你们，以后千万不要让我见到太阳，否则我会变成一条蛇的。"从那以后，罗西娜在有太阳的时候，便把自己关在家里，只在太阳下山后，或在多云时才出门。她通常就坐在窗下的阴影里，一边唱歌一边干活儿。她在家时，从那个窗子里会射出一片耀眼的光芒，房子周围都能见到。

一天，国王的儿子从这里经过，他向那发光的地方望去，看见了她。"这个农民的茅草屋里怎么会有这样独特的少女？"他走近房子。就这样，他们互相认识了，罗西娜向他讲述了自己

的全部经历和她身上的诅咒。

王子说："我并不在乎将来会发生什么，像你这样的姑娘不应该生活在这样的地方。我已经决定要娶你做妻子。"

她的继母插嘴道："殿下，您可要当心哪，不要给自己找麻烦，您想一想，她只要一见到阳光便会变成一条蛇。"

"这不关您的事，"王子说道，"我觉得你们并不疼爱这个姑娘，我命令你们把她送进王宫，我将派一辆全封闭的马车来，不让她在路上见到阳光，至于你们，从今以后你们不会再缺钱花。我们就这样说定了，再见！"

继母和阿苏达不敢违抗王子的命令，便都咬着牙，开始为罗西娜的出发做准备。

马车终于到了，是一辆旧式马车，四面封闭，只有顶上有一个小窗，马车后面有一个骑马的士兵，他穿着华丽的衣服，戴着顶上插着羽毛的帽子，腰上挂着剑。

罗西娜走进了马车，她的继母坐在她旁边，陪她一起去。在上车前，她把士兵叫到一旁，对他说："如果您想要十个银币的小费，就在太阳照上车时，把车顶上的窗户打开。"

"没问题，夫人，"士兵说，"我一定按您说的去做。"

马车跑哇跑哇，到了中午时，阳光照在马车顶上，那个士兵猛地将车顶的窗户打开，一束阳光照在罗西娜的头上，她立刻变成了一条蛇，"嗖"的一下逃到树林里去了。王子打开马车门，不见了罗西娜，便知道发生了什么事，他十分悲痛和失望。

可是厨师们早已把用来做婚礼晚宴的东西准备好了，请来的客人也都在饭桌前坐好，听到新娘失踪的消息后，大家都想，既然已经来了，晚宴还是要吃的。

厨师们接到了点燃火炉的命令。一个厨师正要把一捆刚刚从树林里捡来的木柴放进点燃的火炉里，忽然看到木柴中藏着一条蛇。可是他已经来不及把它取出，因为木柴的一端已经被点燃了。他不停地向火炉里张望，寻找那条蛇。就在这时，从火焰中跳出了一个少女，她好像一朵玫瑰花一样鲜艳，比火焰和太阳还要耀眼。厨师先是像石头一样呆在那里，然后就大喊起来："快来呀！火炉里出来了一个少女！"

听到这喊声，王子第一个跑进厨房，后面紧跟着王室其他成员。王子认出了罗西娜，把她紧紧抱在怀里。就这样，他们举行了婚礼，罗西娜也从此过上了幸福的生活。

阅读与感悟

罗西娜性格温和又有礼貌，所以得到了奶牛的帮助和四只蟾蜍的祝福，虽然她因为意外受到了"诅咒"，但最终还是收获了幸福。阿苏达和继母不怀好意的行为让人唾弃，家人要互相尊重和扶持，家庭才能幸福。只有美好的内在才能让生命绽放光芒。

荷利妈妈的奖赏

从前有个妇人，她的大女儿很勤快，小女儿非常懒惰，但她唯独偏爱小女儿。因为大女儿是丈夫和前妻的孩子，小女儿才是自己的亲生女儿。

凭什么邻居们都只夸姐姐好？有一天，嫉妒的火焰在小女儿的内心深处升起，越燃越烈，她开始搞恶作剧戏弄姐姐，甚至谎称姐姐欺负她。生气的继母为了惩罚姐姐，命姐姐在井边纺织，没有许可不准停下。

大女儿纤细的手指被纺织机划破，常常鲜血淋漓，可她只能默默忍受，望着水井里枯瘦的身影，原本葡萄般水灵的眸子里充满了哀伤。

有一天，她不小心将血滴到了纺锤上。“糟糕，如果被妈妈发现我弄脏了纺锤，又该挨骂了！”她赶紧把纺锤浸到井里，想要洗去上面的血迹，但因为慌乱，纺锤从她手上滑落，眨眼的工夫就坠到了井底。

继母知道后破口大骂：“你知道纺锤多么珍贵吗？要是找不回纺锤，就别想吃饭！”

可怜的小姑娘十分无奈，只好去想办法打捞纺锤。

她找来长长的绳子，将一头打了个活扣，小心翼翼地伸进井里，想套中纺锤，可是无论怎么套都没有成功，一不留神，她竟然扑通一声跌入井里。

顿时，她小小的身体被井水包围，她听说人掉进水里就会死的，心里害怕极了，但还来不及哭喊，她就陷入了黑暗。

过了不久，她被一阵奇异的花香唤醒，睁开眼睛，面前居然是一条百花铺就的道路，五彩缤纷，宛如通往仙境的小径。

“我这是在哪里？”她站起来，好奇地走了上去。

很快她遇到了一座满是面包的烤炉，里面的面包竟然对着她喊道：“好心的姑娘，请把我们掏出来吧！火焰烧得我们快要变成焦炭了！”

于是她不顾滚烫的烤炉灼伤自己的双手，把所有面包都掏了出来。

她又向前走了一会儿，遇到一棵结满苹果的苹果树。苹果树也对她喊道：“好心的姑娘，帮帮我吧！苹果都已经成熟了，如果不摘下来，会把我的树枝压断的！”

小姑娘听了苹果树的话，不顾双腿被周围的荆棘划破，赶紧把所有苹果都摘了下来。

她又向前走了不久，发现道路尽头隐隐浮现出一幢小屋。走近一看，小屋门口坐着一位老妈妈，老妈妈的牙齿非常大，吓得小姑娘浑身发抖，她很想逃走。

“亲爱的孩子，你不用害怕，在我这里住下，做我的小侍女吧！只要你活儿干得好，我会给你很多报酬的！不过，你给我铺床的时候，一定要记得用力拍打床铺，让床铺又松又软！对了，你可以叫我荷利妈妈！”

小姑娘看老人和蔼可亲，眼中流露着慈祥的目光，就鼓起勇气，答应下来。

她很卖力，每次都尽力把所有事情做到最好。为了让荷利妈妈满意，每次铺床的时候，她都会用力拍打。

荷利妈妈对小姑娘很满意，也对她非常好。小姑娘在这里从未挨过骂，生活得很自在、很富足。

然而，一段时间后，小姑娘变得忧郁起来。她想家了。于是她对荷利妈妈说：“荷利妈妈，我知道您对我很好，我也很幸福，尽管这样我还是想家，想回到家里。”

“我的孩子，我很高兴你想回家。”荷利妈妈摸着她的脑袋说，“你这么卖力地服侍我，如此忠心地为我服务，我要亲自送你回家。”

于是，荷利妈妈拉起小姑娘的手，带她来到一扇门旁边，打开门让小姑娘走过去。

小姑娘带着不舍的目光望了望她，咬咬牙，忍住泪花走了过去。

突然，一阵金雨从天而降，淋在她的身上，让她浑身上下沾满了金子。金子好似漫天繁星，闪闪发亮，使小姑娘看上去像极了迷人的小精灵。

阅读与写作

这篇故事用了很多精彩的比喻，让文字显得形象生动，比如这句话将金子比作满天的星星，表现出金子落在小姑娘身上闪耀、奇幻的场景。

“这是你的报酬。”荷利妈妈微微笑着，把掉进井里的纺锤也递给了她，接着就关上了门。

一眨眼的工夫，小姑娘发现自己回到了离家不远的地方。小姑娘回到自家院子里，栖息在墙头的老母鸡大叫起来：“咯咯，我们的金姑娘回来了！咯咯，我们的金姑娘回来了！”

看到她浑身都是金子，继母和妹妹都非常好奇，她于是把自己的经历全部告诉了她们。

继母还想得到更多金子，于是，她叫来小女儿，让她坐在井前纺纱，故意把她的手指弄流血，甚至还让她跳进井里。

小女儿跟姐姐一样，来到了满是鲜花的道路上，也遇到了正在被烘烤的面包。面包对她说：“好心的姑娘，请把我们掏出来吧！火焰烧得我们快要变成焦炭了！”

小女儿冷笑着说：“想得美，被烧成焦炭的又不是我，我才不会因为你们而烫伤自己的手呢！”

她又继续向前走，发现了一棵满是苹果的苹果树。苹果树对她喊道：“好心的姑娘，帮帮我吧！苹果都已经成熟了，如果不摘下来，会把我的树枝压断的！”

“那是你自己的事，跟我有什么关系？我得继续赶路了，你要干什

么，就自己做吧！”懒惰的小女儿继续向前行走。

她终于来到了荷利妈妈的面前。当荷利妈妈跟她说起做侍女的事情时，她爽快地答应了下来。第一天，她工作得很卖力，一切都按照荷利妈妈的吩咐照办，因为她想要荷利妈妈的金子。

但是到了第二天，她就开始偷懒了：早晨不愿意起床，更不可能把荷利妈妈的床铺拍得又松又软。

荷利妈妈对她很是失望，没多久便让她回家去。小女儿非常高兴，以为期待中的那阵黄金雨就要来了。

荷利妈妈带着她来到那扇门旁边，打开门让她走了进去，说：“这就是给你的报酬！”

小女儿闭上眼睛，愉快地张开双手，准备迎接黄金雨，可是并没有什么黄金雨，浇下的是一壶黑黑的沥青。

回到家，她从头到脚全是难以洗掉的沥青，粘在身上又臭又黑，简直太狼狈了。

阅读与感悟

这篇故事告诉我们，世界上没有不劳而获的“奖赏”，善良、勤劳的人才能收获生命里美好的礼物；自私、懒惰的人无论多么贪婪都难以得到自己想要的东西。小朋友们，我们都要做关心他人、勤劳努力的好孩子哟！继母和小女儿对大女儿的行为不妥，一家人在一起一定要相亲相爱。

列那狐偷鱼

列那是一只狐狸，与妻子、两个孩子一起住在法国南部的马贝渡城堡里。它生性狡猾，诡计多端，不过它很爱家人。列那是一个非常馋嘴的家伙，为了满足自己的食欲，它可以施展出无数的诡计。

这是一个寒冷的冬天，天空阴沉沉的，北风呼呼地刮着。列那的心情就像这令人窒息的天气一样，阴郁而烦躁。家里的食橱都空了，该怎么办呢？

列那的妻子海梅琳坐在靠背椅上，喝着清淡无味的茶，愁眉苦脸地摇着头。

“什么都没有了。”海梅琳忽然说，“饿着肚子的孩子们快回来了，它们吵着要吃饭，我们该怎么办呢？”

列那长叹了一声，说：“我再出去碰碰运气吧！可是，在这个季节，我真不晓得该去哪里才能弄到吃的。”

列那不想看到妻儿因饥饿而哭泣，就它自己而言，它也不想饿肚子，所以，尽管天气寒冷，它还是硬着头皮出去了。

列那沿着树林缓慢地走着，到处都是光秃秃的，冰雪覆盖着地面，没有动物出来活动。列那漫无目的地东瞧瞧，西望望，没找到一点儿吃的，也想不出任何寻找食物的办法。列那就这样一直走到一条被篱笆隔开的大路上，它垂头丧气地坐在路边。这时一阵大风刮过，一股诱人的香味随风而至，这香味直飘到列那的鼻子里。这一下，列那来了精神，立刻抬起头，扬起鼻子使劲儿地嗅了几下。

“难道真的是鱼？”列那想，“这明明是鲜鱼的香味呀！可是，香味是从哪里来的呢？”

列那不但鼻子很灵，耳力灵敏，目光还特别敏锐。当列那跳到路边的篱笆后面时，它看见远处驶过来一辆大车。毫无疑问，这股馋人的味道就是从这辆车子里散发出来的。车子越来越近，鱼的香味也越来越浓，列那清清楚楚地看到车上装的都是鱼。

原来，这是要去城里鱼市场卖鱼的鱼贩子，他们的筐子里装满了鲜鱼。

列那实在抗拒不了鱼的香味，恨不得立刻扑上去大吃一顿。于是，它的脑子里闪出了一个绝妙无比的主意。它急忙跑到了大路上，横着躺倒在路中间，身体软绵绵的，闭着眼睛，伸着舌头，装出刚刚断了气的样子。

阅读与写作

此处通过一系列的动作描写，展现了列那为了骗过鱼贩子而进行的准备，突出了它的狡猾。

不一会儿，鱼贩子们就驾着车过来了。他们看到路上躺着一只狐狸，好像是已经死去的样子。两个鱼贩子下了车，上前将狐狸捡起来，仔细查看了一番。

这时，他们看到了狐狸那身漂亮的皮毛。

“这张皮真漂亮，应该能值四块。”其中一个鱼贩子说。

“不止四块吧，起码值五块。五块我还不一定肯卖呢！”另一个说。

“先别说了，把它扔到车上吧！到了城里，我们去找皮货商，那样就知道它的价值啦。今天真是走运，哈哈！”

两人高兴地把列那扔到了鱼筐边，重新上车，继续赶路了。

亲爱的读者朋友们，你们一定会猜到，狡猾的列那在车上笑得多么开心！它正落在一个好地方，那里有足够它一家人吃的丰盛的午餐。

它悄无声息地用锋利的牙齿咬开了一个鱼筐，开始享用它的美餐。一眨眼的工夫，至少三十条鲱鱼进了它的肚子。自己吃饱后，它想到妻子和孩子们还没吃饭，就又用牙齿咬开了另一个鱼筐。还真巧，那是一筐鳗鱼，要知道，海梅琳和孩子们是很喜欢吃鳗鱼的。

它巧妙地把鳗鱼穿成一条项链，挂在自己的脖子上，然后轻轻地从车尾溜到了地上。

虽然它下车很轻，但还是发出了一点儿响声，这引起了鱼贩子们的注意。他们发现那只死狐狸竟然从车上逃跑了，正感到莫名其妙的时候，列那得意地冲他们露出了雪白的牙齿，大声向他们喊道：“再见了，我的好朋友！这张皮不止五块呢，所以我很珍惜的，我还是自己保存着吧！对了，我还给你们留下

了一点儿很好的鱼呢，谢谢你们无私地送给我鳗鱼和鲱鱼！”

鱼贩子们这才明白，他们居然让一只狐狸给骗了，还损失了好多鲜鱼。于是，他们立刻停住大车，去追捕列那。可是，尽管他们用尽了全身力气去追赶，列那还是很快地逃之夭夭了。

列那心里充满了胜利的喜悦，它戴着鳗鱼项链飞快地跑回家去。海梅琳在马贝渡城堡微笑着迎接列那，在它看来，丈夫脖子上的这条鳗鱼项链是世界上最美丽的项链。

两个孩子也非常开心，它们虽然还不会打猎，但是已经学会了做饭。它们生起了炉子，把鳗鱼切成片，然后穿起来放到铁架子上烤。不一会儿，鳗鱼片被烤成了焦黄色，诱人的鱼香味从厨房里飘了出来。海梅琳和孩子们美美地享用了这顿鳗鱼大餐。

阅读与感悟

列那为了给家人找到食物，装死骗过了鱼贩子，给家人带回了美味的大餐。列那对家人无私的爱深深地打动了我们。当然，这个有趣的故事也有它的时代局限，俗话说：“君子爱财，取之有道。”生活中，我们要用正确的方式获取财物。

熊抱树

在马德里市中心的太阳门广场上，矗立着一座地标性雕塑——熊抱树：一只熊两条后腿直立，两只前爪抱住树干，仰头望着树上的果实。关于“熊抱树”故事的来源众说纷纭，在民间广泛流传着的是一个“孩子英勇救母”的故事。

在很久很久以前，马德里还被茂密的森林包围着。森林绿树成荫，鲜花盛开，一到春天，各种不知名的植物就纷纷从泥土里冒出嫩芽来，生机勃勃。森林里生活着各种各样的动物，有可爱的小白兔、顽皮的小鹿，也有时常出没的大型食肉动物，比如凶猛的老虎、可怕的野熊。

阅读与写作

这段话描写了古时候的马德里周围的优美环境，充满了生机。

在这片森林的最东边有一户人家，住着一个小男孩和他的爸爸妈妈。他们生活比较拮据，常常到森林周边采蘑菇或者找些野菜来维持生活。

一天傍晚，妈妈在家里准备晚饭。“今天的蘑菇太嫩了，做成汤一定很好喝。”妈妈高兴地想。她一边唱着歌，一边准备着晚饭，等

着男孩放学回来。

可是太阳已经快要落山了，小男孩还没有到家。妈妈有些着急了，心想：“他虽然贪玩，却非常懂事，放了学就会直接回家，从不让我担心，可今天他还没回来，不会是发生什么事情了吧？”想到这里，妈妈赶忙出去寻找。

她来到森林旁边焦急地大声呼喊男孩的名字，声音几乎穿透了整片森林。随即，森林里隐隐约约地传来男孩的叫喊声：“妈妈快跑，熊来了，快跑哇！”

原来，男孩在放学回家的路上遇到了一只野熊，野熊追着他不放。男孩为了不把野熊引到家里，便没有跑回家，而是径直跑进了森林。当男孩快要被野熊追上的时候，机灵的他一下子蹿到了树上，躲在树上不敢下来。

野熊试图爬上树抓住男孩，但笨重的身体让它感到吃力。

当妈妈的声音传来，男孩在树上很担心野熊会去袭击妈妈，于是他高喊“熊来了”，让妈妈逃跑。

当然，妈妈听见儿子的呼喊后，意识到儿子遇到了危险，立即点起火把，急忙向男孩声音的方向寻去。

还好妈妈来得及时，野熊看到火把后被吓跑了，男孩这才跳下了树。母亲见儿子没有受伤，只是受了惊吓，将男孩紧紧地抱在了怀里。

阅读与感悟

男孩的机智勇敢让人佩服，他对妈妈的爱更让人感动。我们要向这个小男孩学习。

扫码学习

- AI故事小精灵
- 动画广播站
- 阅读百宝箱
- 灵感魔法屋

爱听吹捧的乌鸦

玉带般蜿蜒清澈的小溪边，生长着一片绿茵茵的草地，美丽的鲜花点缀其间，仿佛大自然在上面打翻了自己的颜料盘。

“啊，这真是个好地方！”

列那狐心旷神怡，禁不住跳到欢腾的溪水里，痛痛快快洗了个澡。上岸后，为了让身上干得快些，它就在青草地上打滚。花草的清香混入温暖的阳光，轻轻包裹着它，让它想舒舒坦坦睡一觉了。

没想到，刚伸展四肢打了个呵欠，肚子居然咕噜噜叫了起来。

“不如先饱餐一顿再美美地睡个好觉吧！可是，去哪里找吃的呢？”

与此同时，不远处一户农家的主妇正把刚做好的干酪拿出来晾晒。

新鲜的干酪，散发着诱人的奶香，乌鸦吉失灵闻到气味，早已垂涎三尺，在半空转悠着，不肯离去。

农妇毫无提防，晾好干酪径直进屋去了。吉失灵见时机成熟，翅膀一

阅读与写作

“垂涎三尺”这个成语只用简短的四个字就表达了丰富的意蕴。在写作中，我们可以使用一些成语，这样不仅能体现出平时的积累，还能令我们的文字更加简洁生动。

闪，飞箭般扑向干酪，用爪子紧紧抓起一块就溜。

农妇正巧看到，飞跑出来朝半空喝道："你这飞贼，快把干酪给我放下！"说着她捡起石子就打。

吉失灵一个激灵躲开石子，嘿嘿笑道："自己看不牢，还怪别人抢。这块干酪，我吉失灵叼走啦！"

不远处有株枝叶茂盛的山毛榉，乌鸦吉失灵蹲到枝头，心满意足地吃起了干酪。

树底下，正好坐着饥肠辘辘的列那。

乌鸦的硬喙在干酪上"笃笃"两下，啄出了一点儿碎屑，正好掉在狐狸列那的鼻尖上。

列那透过密密层层的树叶，看到乌鸦正在小口小口吃着干酪，陶醉其中，完全没有注意到自己。

语文与自然

山毛榉在中国又叫水青冈，壳斗科水青冈属植物。高可达 25 米，叶长 9 ~ 15.5 厘米，宽 3 ~ 6 厘米，叶边呈波浪状，有短小的尖齿。会结果，果实带有细细的茸毛，包裹有 2 枚坚果。

这不是送上门来的美味吗？列那想着，清了清嗓子，先打了个招呼："哟，我当是谁呢，原来是吉失灵小姐！"

吉失灵说："是列那呀，你在这里干什么？记得你父亲霍哈勋爵，从前唱歌堪称一绝，再看看你，整天游手好闲，真是丢了狐脸！"

列那笑笑说："我哪能跟它比，我要是没记错，你也打小就擅长唱歌，据说霍哈勋爵的歌喉在你面前都要甘拜下风。你能不能一展歌喉，唱两句给我听听？"

列那这么一吹捧，吉失灵有点儿沾沾自喜了，张嘴"呱——呱——呱——"叫了几声，算是报答这位知音的赞赏。

“真棒！”列那啧啧称赞，“简直令人刮目相看，我觉得你还可以唱个高八度试试。”

吉失灵一向自诩为歌王，又喊了一嗓子。

“更妙啦！”列那极尽赞美，“音色是那么纯净，宛如天籁，如果你忌口不吃核桃，嗓音会更华丽，音域会更宽广。听你歌一曲，赛过活神仙！能再唱两句吗？”

面对这样的吹捧，吉失灵怎么按捺得住呢？它高兴地亮了亮嗓子，唱得越来越忘情，无意中爪子一松，干酪不偏不倚，落在列那的爪子上。

老谋深算的列那这时已经不满足于小小的一个干酪，它觉得自己该开开荤了。所以，面对唾手可得的干酪，列那居然慌乱地把它一丢，假装愤怒地嚷道：“哎哟哟，你唱歌就唱歌，丢这么恶心的玩意儿在我身上干吗？”

说着它瘸着腿往后退了几步，滑稽地摔倒在地上。

吉失灵赶紧飞到草地上，想抓走自己的干酪。脚刚沾地，它心里顿起疑心，踟蹰不前了。

“怎么，你还怕我？”列那柔声细气地说，“我呀，之前跌坏了腿，现在又被你弄得摔倒，连动都动不了！”

“谁怕呀？”吉失灵逞强往前走了两步。

列那哪里还有耐心，只见它猛地一纵身，狂风般卷起树叶，向乌鸦扑去。

还好吉失灵离列那还有一点儿距离，就在列那的利爪撕向自己身体的刹那，它箭似的飞跑了，只留下四根羽毛在半空飘动，当然，还有地上那块干酪。

“啊！你个狡猾的狐狸，幸好我有所提防。”吉失灵返回本就不该离开的树枝，检查损失情况，“我翅膀、尾巴上四根漂亮的羽毛被你抓掉了，你这奸贼！我真是昏头了，会相信你的胡话，生了恻隐之心！”

列那委屈地带着哭声说道：“吉失灵小姐，我怎么会做伤害你的事情，我只是看到一根树枝掉下来就要砸到你的脑袋啦！”

说着它举起刚从地上捡起的树枝。

吉失灵才不会上第二次当。

它啐了一声：“这干酪就算送你了，想把我当你的盘中餐，做美梦去吧！哼！你再哭我也不会相信你的眼泪了！”

狐狸耸耸肩道：“得啦，得啦。那我就将就将就，用这块干酪对付对付我的肚子。如此美味，实属难得。”

吉失灵怒气冲冲地飞走了，列那美滋滋地品尝起来，虽然干酪有些干涩，但香味十足。

狡猾的狐狸最终得逞了，而自以为是、虚荣心强、爱听吹捧的乌鸦失去了干酪，失去了自己的羽毛，还险些葬送自己宝贵的生命。

阅读与感悟

故事告诉我们要自信但不能自大自恋，更不能听人追捧而忘乎所以。在听到别人不怀好意的赞美与阿谀奉承时，一定要保持清醒的头脑，冷静分析，避免上当受骗。

灰额猫、山羊和绵羊

从前，在一个农家的院子里，主人养了一只山羊、一只绵羊和一只长着灰色前额的猫。山羊和绵羊很守纪律，惩罚很少降临到它们头上，倒是那只灰额猫，经常偷吃东西，总是挨主人的打。有一回，山羊和绵羊正躺着谈心，灰额猫不知打哪儿钻了出来，“喵喵喵”地哭个不停。山羊和绵羊就问它：“灰额猫，你怎么哭得这样伤心？你的腿怎么了？为什么你用三只脚跳着走路？”

“女主人太狠毒了，她今天揍了我一顿。”

“你犯了什么错，她要这样惩罚你呢？”

“我……我吃光了酸奶油。”

山羊和绵羊无奈地摇了摇头。平静了一会儿，灰额猫又哭了起来。“灰额猫，你又哭什么呢？”山羊和绵羊问。

“我怎么能不哭呢？女主人打了我一顿之后还说：‘女婿马上要来家里做客了，家里连酸奶油也没有，怎么办呢？只好宰杀山羊和绵羊待客了。’”山羊和绵羊一听，立马吼叫起来：“哎呀，你这只灰额猫，你闯了祸，还要连累我们！”

灰额猫赶忙认错，一再恳求它们原谅自己，山羊和绵羊见它言辞恳切，也就不和它计较了。然而形势依然很严峻，它们三个都得想办法保住性命，于是交头接耳商议起来。

“喂，二哥，”灰额猫对绵羊说，“你的脑门不是很结实吗？你去顶开院子门，我们逃跑吧。”绵羊摩拳擦掌，助跑了一段后，用力朝门一顶，门晃了晃，但是没有被顶开。

“喂，大哥，”灰额猫对山羊说，“你的脑门不是很结实吗？每次跟别的羊斗，你总能赢，这回你试试看，看看能不能顶开院门。”

山羊一跃而起，先是进行了充分的助跑，接着用尽全身力气朝门用力一顶，拴紧的院门被顶开了。

门外的田野上升起一团团晨雾，草地向远方延伸，无边无际，它们三个冲出院门撒腿就跑。山羊和绵羊跑在前面，灰额猫跟在后头。灰额猫用三条腿跳跃前进很吃力，于是它恳求两个哥哥说：“山羊大哥，绵羊二哥，别丢下我呀。”

山羊抱起瘫在地上的灰额猫，让它骑在自己的背上，它们越过山岭，穿过草地，渡过流沙河，跑了很久很久。

后来它们来到一处十分陡峭的山坡，找到了一个略可容身休息的地方。陡坡下面是一片苍茫的田野，遍地都竖着干草堆。天已经黑了，山羊、绵羊和灰额猫决定停在这里休息。

时值深秋，夜晚非常寒冷，在山上露宿没有火是不行的，可是到哪儿去取火呢？山羊和绵羊在一起商量取火的办法，灰额猫已经找来了一块桦树树皮，山羊和绵羊用前额用力对撞，撞出了火花，桦树的树皮就被点着了。它们坐下来烤火，身子还没有烤热，身后就传来了脚步声，回头一看，来了一个不速之客——熊。

“我叫米哈依洛·伊凡诺维奇，我想在火旁取暖休息一下，可以吗？我已经筋疲力尽了。”

“跟我们坐下来烤火吧，伊凡，你从哪儿来呀？”

“我上蜜蜂园子里吃蜂蜜，还和养蜂人打了一架。”

就这样，它们四个围在火堆边聊起了天……

不知不觉，它们甜甜地睡着了。熊倒在草堆下面，灰额猫蜷缩在草堆上面，山羊和绵羊卧在火堆旁边。

忽然来了七只灰色的狼，不，还有第八只狼，那是一只全身白色的狼，它们一起朝草堆走过来。

山羊和绵羊见狼来了，吓得魂不附体，“咩咩”地直喊救命。灰额猫却临危不惧，勇敢地站出来，说了一番话：“尊敬的白狼先生，您要是愿意与我们比武，我们愿意奉陪，可是您千万不要惹怒了我们的大哥，它脾气不好，不怒则已，一旦发怒谁都免不了要遭殃。您看见它那双手了吧，那里面蕴藏着无限的能量，它与野兽搏斗就用那双手当武器，不知杀死了多少野兽。至于它的尖角，只是后备武器。我看您还是恭恭敬敬地走上前去向它请安问好，您可以对它说：‘今日不必劳您大驾，我们只想跟您的小弟比比力

气，就是躺在草堆下面的那一位。'”

这真是一群愚蠢的狼，它们上了灰额猫的当，向山羊鞠躬致意，转身去把熊围住，打算与熊较量一番。熊见它们数目多，努力克制住自己，一步步退让，最后被逼无奈，鼓起全身力气，一手抓起一只狼来。狼见“小弟”有这么大的力量，都吓坏了，便一哄而散。那两只被抓的狼好不容易挣脱了，也夹起尾巴逃走了。山羊和绵羊趁狼群攻击熊的时候，护着灰额猫一同跑到森林里去了。不久，它们碰见了几只败下阵来的灰狼，灰额猫利落地爬上了一棵树，一直攀爬到树顶，山羊和绵羊也用腿钩住树枝，倒挂在树上。几只狼站在树下面，不停地磨着牙齿。

灰额猫见形势危急，就动起了脑筋。它边数着狼边说：“一只狼，两只狼，三只狼，这几只狼都给哥哥吃，我还饱着呢，因为刚才我一口气吃了两只狼，连一根骨头都没剩下。大哥，你刚才说要抓几只熊来当早餐，我看不用去了，树下有送上门来的食物，把这几只狼都吃了吧，我应得的一份也给你吃。”它这些话才说完，山羊挂在树上的脚一松，羊角对准狼，倒栽了下来。灰额猫趁机叫着：“捉住这些狼，捕获它们。”这些狼吓得头也不回地四散奔逃，转眼就消失了。灰额猫、山羊和绵羊打败了狼群，又继续向前方走去。

阅读与感悟

为了保住性命，灰额猫、山羊和绵羊逃离农家院，它们齐心协力，用智慧解决困难，战胜了狼群。灰额猫沉着冷静，用巧计挽救了大家的生命，它的聪明机智让人佩服。但它偷吃东西的行为是不对的，这一点不值得我们学习。

豆孩子

很久很久以前，有一对老夫妻，他们善良勤劳，生活得很幸福，唯一让他们感到遗憾的是他们没有孩子。年轻的时候没有娇憨调皮的孩子围着他们欢笑歌唱，年老的时候没有成熟懂事的孩子在面前关心陪伴，让他们觉得很寂寞。

有一年冬天的黄昏，老夫妻吃完晚饭，一边说着话，一边剥蚕豆，准备明天的饭食。

剥了一些之后，老婆婆凑到盆子前查看蚕豆的数量。她一边查看，一边叹息说：“唉，如果这些小蚕豆都变成我们的孩子，那该有多好哇！”

没想到她话音一落，盆里的蚕豆就立刻动了起来，一会儿工夫蚕豆就都长成了小孩子的模样，白色的蚕豆变成了小男孩，其他颜色的蚕豆变成了小女孩。他们有的留在了盆子里，有的跳出盆子，四处查看，相互追逐，一边游戏，一边打闹，整个屋子瞬间就生动了起来。

老夫妇听见声音从四面八方传来：

“妈妈，能不能带我出去玩？我爬不出来。”

“爸爸，帮帮我吧，哥哥总是欺负人。”

"不要扯我的头发，我不想和你玩了。"

"呜呜，呜呜，我再也不要理你了。"

两个老人没想到声音这么吵闹，即使他们已经老了，耳朵不怎么好用了，还是能听见各种声音混杂着，闹哄哄的。

老婆婆说："还是让他们重新变回蚕豆吧！"

话音一落，所有豆孩子都乖乖跳回盆子里，变回了蚕豆。

随着孩子们变回蚕豆，屋子里的欢声笑语也一下子消失了。

老夫妻继续剥着蚕豆，过了一会儿，老婆婆看看盆子里的蚕豆，又感叹道："哎呀，我们剥得好慢哪，如果刚才我们留下一个孩子就好了。反正他只有那么一丁点儿大，不会给我们添什么麻烦的，还可以帮助我们剥蚕豆。"

这时，一个小小的声音从墙角处传来："妈妈，您不必担忧，还留着一个呢。不过请您一定要答应我，不要把我放进盆子里呀。"

"好的，你在哪里？我答应你，不会把你放回去的，快出来吧。"老婆婆说。

一个豆孩子从墙角走了出来。他长得白白嫩嫩，一头金色的齐耳卷发，黑溜溜的一双眼睛就像两颗黑芝麻。

两个老人喜出望外，把豆孩子捧到手心上仔细端详，喜爱之情溢于言表。老婆婆对丈夫说："就让他做我们的孩子吧，你看他多可爱呀！"

然后，老婆婆将豆孩子放到桌子中间靠近豆荚的地方，让他帮他们剥蚕豆。

豆孩子立刻就开始了工作，他动作麻利，只用了一会儿工夫，盆子就装满了蚕豆！

从此以后，豆孩子做了老夫妇的孩子，他们一家三口幸福快乐地生活在一起。

阅读与感悟

最终，那对老夫妇让仅剩的一个豆孩子做了他们的孩子，三个人幸福快乐地生活在一起，使得整个故事有了一个完美的结局。我们应该让自己成为那个懂事的好孩子，不给父母添乱，还要帮助父母做力所能及的事，更重要的是给父母带来开心和快乐，让他们感到幸福。

扫码学习

- AI故事小精灵
- 动画广播站
- 阅读百宝箱
- 灵感魔法屋

滑头的小酒馆老板

在熙熙攘攘的十字路口，有一家小酒馆。这里是旅客们经常光顾的地方，大家在小酒馆里喝点儿小酒，歇歇脚，恢复体力，然后继续赶路。

开始的时候，小酒馆老板给旅客们喝的还是真酒。慢慢地，他发现旅客们对酒水好像并不太挑剔，就开始往酒里兑水。后来，小酒馆老板甚至还直接端上白水，只是在水里稍微添加一点儿酒罢了。

因为旅客很多，小酒馆老板又如此黑心，他很容易就赚到了许多钱。小酒馆老板赚了钱，就关闭了酒馆，准备回到很远的老家去做大买卖。

因为路途遥远，要坐很久的船，他为了打发旅途漫长的无聊时光，就买了一只小猴子作为消遣。

船航行在大海上，海天一线，蔚蓝的海面像一大块蓝宝石一样迷人。老板站在甲板上，看着令人沉醉的美景，到了中午吃饭的时候，他都没舍得从甲板上离开。他让人给他买了很

阅读与写作

这句话运用了比喻的修辞手法，将蔚蓝的海面比作“一大块蓝宝石”，展现了大海的美丽景色。

多吃的，就在甲板上一边吃饭，一边欣赏海上的美景。

食物虽然很多，可绝大部分都被老板一个人吃了，他只给小猴子留了几颗小小的干果。吃饱喝足的老板躺在甲板上，被太阳晒得浑身暖洋洋的，他有些犯困，就想小睡一会儿。可是他又担心自己的金币被人偷走，便掏出满是金币的钱包，躲着人又重新数了一遍，然后把钱包塞到枕头下，这是他认为最安全的地方。

只吃了几颗干果的小猴子，饿得双眼直冒金星，它看到主人把一个小包塞到枕头下面，心想：小包里面肯定是好吃的，主人怕别人偷吃，所以才藏起来了。小猴子便蹲在主人的旁边，等着主人入睡。不一会儿，老板就打起了呼噜，进入了沉沉的梦乡。

这时，小猴子小心翼翼地靠近主人，轻轻将爪子伸到枕头下，悄悄地将装满金币的钱包拽了出来。老板还在打着呼噜，做着美梦。小猴子从钱包里掏出一枚金币，金灿灿的钱币在太阳的照射下显得特别耀眼。

小猴子很惊奇地看着金币，这个东西跟它想象中的食物有些不一样。它把金币放进嘴里，使劲儿一咬，坚硬的金

币差点儿把小猴子的牙硌掉。

金币当然不能吃，饥肠辘辘的小猴子生气了。它抓起钱包上的带子，用尽全身力气挥舞旋转着，然后用力一甩，将钱包扔进了大海。

此时老板正好醒来，看到这一幕后，他完全呆住了。他眼睁睁地看着装满金币的钱包消失在海面，只剩下一圈圈被击起的浪花。

此时正好有一艘渔船在此经过，渔船上的人看到了事情的经过，他认识这个开酒馆的老板，就对他说："别太难过了，我的朋友，那些金币本来就是水给你的，现在，不过是水又把它们收回去罢了。"

阅读与感悟

故事结尾耐人寻味。滑头的小酒馆老板靠在酒里掺水赚了钱，最后钱又全部回到了水里。用不道德的方法换来的财富只是昙花一现，我们要老老实实做人，踏踏实实做事，依靠自己的勤劳与努力获得真正富足的生活。

贝琳达与丑妖怪

从前，里窝那有一个商人，他有三个女儿，分别叫阿苏达、卡罗利娜和贝琳达。小女儿贝琳达善良、谦恭、善解人意，相反，两个姐姐却都很傲慢、固执，好惹是生非，尤其是她们都有很重的嫉妒心。

三个姑娘长大成人之后，城里那些富有的商人都来向她们求婚，但阿苏达和卡罗利娜总是不屑一顾地拒绝他们说："我们永远也不会嫁给你们。"

而贝琳达总是礼貌婉转地回答他们："我现在还是个小姑娘，还没到出嫁的年龄。等我再长大一些，我们再谈这件事吧。"

常言道："只要口中有牙，就不知什么东西会碰上去。"没多久，三姐妹的商人父亲的一艘货船连同船上的所有货物都失踪了，他很快就破产了。他的财产，只剩下乡间的一座小屋，要想维持全家的生活，只能举家迁到乡村，像农民那样种地。可以想象大女儿和二女儿听到这个消息时是一副什么样的嘴脸。"不，爸爸，"她们说，"我们不到田里去干活儿，我们就留在这里。幸好还有很多商人想娶我们。"

是的，去找那些商人！可是那些商人听说这家人已经一贫如洗后，都躲得无影无踪了。而且他们还留话说："这样也好，可以让她们学会应该怎样待人，不再盛气凌人了！”

阅读与写作

此处运用对比的手法，突出了贝琳达待人真诚的美好品质。

不过，他们在对阿苏达和卡罗利娜的遭遇幸灾乐祸的时候，也对贝琳达深表同情，因为她从不对人摆臭架子。相反，还有好几个小伙子向她求婚，即使她身无分文。但贝琳达拒绝了他们的求婚，她只想帮助父亲渡过难关，而不是在此时离他而去。到了乡下，她每天很早就起床做家务，准备父亲和两个姐姐的饭菜，而她的两个姐姐则经常睡到十点才起床，一点儿活儿也不干，还常常跟妹妹发火。

一天，父亲收到一封信，信上说，人们以为他早已丢失的那条货船又回到了里窝那，船上的一部分货物也安全无损。两个大女儿听到这个消息，想着她们很快就能回到城里，结束现在的贫穷日子，高兴得跟发了疯似的。父亲对女儿们说：“我现在动身去里窝那，查看一下我们剩下的货物。你们想要我带些什么给你们？”

阿苏达说：“我想要一条丝绸长裙。”

卡罗利娜说：“我想要一条桃红色的长裙。”

贝琳达一言不发，什么也没要。父亲又问了她一遍，她说：“现在还不到买贵重东西的时候，您给我带一枝玫瑰，我就满足了。”姐姐们都嘲笑她，而她根本不在意。

父亲来到里窝那，但当他要取走自己的货物时，一些商人闯了进来，说他欠着他们的债，所以这些货物不再属于他了。几经交涉，这位可怜的商人落得个两手空空，非常失望。但他不想让女儿们也失望，就用他口袋里剩下的钱买了阿苏达和卡罗利娜要的长裙。这时，他已经身无分文了，他想，反正对贝琳达来说玫瑰是一件小东西，买不买关系不大。

于是，他开始往乡村的家里赶路。走哇，走哇，天黑了，他走进一片树林，迷了路。这时下起了雪，刮起了风，这可要命了。商人躲在一棵树下，听着周围野狼的嚎叫声，心想自己早晚会被狼吃掉。

正担心时，他转眼一看，远处有一点儿灯光。他走过去，看到了一座灯火通明的宫殿。商人走了进去，里边一点儿动静也没有，死气沉沉的。他四处转了转，一个人影也没见到。厅里的壁炉还烧着火，他又浑身湿淋淋的，就走过去，一边烤火，一边想："现在该有人进来了吧。"但他等了很久，还是不见有人出现。商人看到桌子上摆着各种各样的美食，就吃了起来。然后他拿起一盏灯，来到另一间铺好床铺的房间，脱衣睡觉了。

第二天早上，商人一觉醒来，吓了一跳，床边的椅子上放着一套崭新的衣服。他穿上这套衣服，下楼来到外边的花园。花园中有一片极美丽的玫瑰花丛。商人想起女儿贝琳达的要求，心里想着：现在总算可以满足她的愿望了。他选了一朵他觉得是这花园中最美的玫瑰花，把它摘了下来。就在这时，从花丛后边传来一声巨吼，一个丑妖怪出现在玫瑰花丛。丑妖怪大吼："我给你吃好的、住好的、穿好的，你竟敢来偷我的玫瑰？我要你拿命来偿还。"

可怜的商人跪在地上，对他说，花是为女儿贝琳达摘的，她什么礼物也不要，只想要一枝玫瑰花。

丑妖怪听商人讲完了贝琳达的事，气消了好多，对商人说："要是你有这么好的女儿，那就把她带到我这里来，我想照顾她，她在这里会像女王一样。但要是你不送她来，不管你和你的家人走到哪里，我都会追到你们。"

可怜的商人吓得半死，甚至不敢相信丑妖怪会放自己回去。但丑妖怪又请他回到宫殿，让他选了些喜欢的珠宝、金器、锦缎，然后把这些装在了箱子里，说将派人把箱子送到商人的家。

商人回到家中，姑娘们都迎过来。阿苏达和卡罗利娜撒娇要礼物，贝琳达则满心欢喜，对父亲嘘寒问暖。父亲把一条裙子送给阿苏达，把另一条裙子送给卡罗利娜。随后，他盯着贝琳达，满脸悲伤地递给她那枝玫瑰花，并一五一十地讲述了他不幸的遭遇。

两个姐姐一听，马上就说："你看！我们早就说了！她的想法很奇怪，要什么玫瑰！现在我们都得跟着她一起倒霉了。"但贝琳达并未生气，她对父亲说："妖怪既然说过要是我去他家，他就不会伤害我们，那好，我去，牺牲我一个总比全家受难更好。"

父亲舍不得贝琳达，他不想把女儿送给那个丑妖怪，两个姐姐也说她这样简直是疯了，当然她们这样说完全是一番虚情假意。但是贝琳达什么话也听不进去，坚持己见，决意动身。

第二天，父亲和贝琳达一大早就上路了。在此之前，父亲起床时，发现床边放着那只装着他在妖怪家挑选的财宝的箱子。他没对大女儿和二女儿透露任何消息，悄悄把箱子藏在了床下。

晚上，他们来到了妖怪的宫殿，里面灯火通明。两人缓缓走上台阶。在一层大厅里摆着两个人用的饭菜，他们都不太饿，但还是坐下来尝了几口。他们吃完饭，听到外面传来一声吼叫——丑妖怪出现了。贝琳达惊呆了，她感到很恐惧。但她很快就恢复了勇气，当丑妖怪问她是否自愿来此，她便直率地回答他："是的。"

妖怪看上去很满意。他转向商人，递给他一个装满金币的背包，叫他马上离开宫殿，且不许再来了，贝琳达所需的一切都将由妖怪负责。可怜的父亲最后与女儿告别了，觉得有无数根刺在刺痛着他的心，然后一路痛哭流涕回到了家。

父亲走后，妖怪向贝琳达道了晚安，自己也马上离开了。宫殿里只剩下贝琳达一个人。她脱下外衣，上床睡觉了。这一夜，她睡得很香，因为她做了一件好事，使父亲从意外的灾难中解脱出去，她感到很欣慰。

早上，她平静地起了床，她想看看这座宫殿。只见在她住的房间门上写着“贝琳达的房间”，衣橱门上写着“贝琳达的衣橱”，衣橱里边的每一件精美的衣服上都绣着“贝琳达的衣服”。宫殿里到处都贴着牌子，上面写着：你是这里的女王，想要什么就能有。

晚上，贝琳达坐在桌旁吃晚饭的时候，又听见了那个吼声——丑妖怪又出现了。“对不起，”他说，“我可以陪你吃晚饭吗？”

贝琳达客气地回答：“当然可以，你是这里的主人。”

但妖怪反驳说：“不，这里的主人只有你，整个宫殿和里边的每一样东西都是你的。”说完，他沉默了一会儿，好像在思考着什么，然后又问：“我真的那么丑吗？”

贝琳达回答：“你的善良让你显得并不丑。”

于是，妖怪马上问：“贝琳达，你愿意嫁给我吗？”

她浑身上下颤抖了一下，不知道该如何回答。她想：“我现在要是拒绝，不知道他会怎么样！”然后，她硬着头皮回答：“要是跟你说实话，我还确实没想过要嫁给你。”

丑妖怪听了，向她道了声晚安，叹着气出去了。

就这样，贝琳达在宫殿里住了三个月。每天晚上妖怪都来问她同样的问题，然后叹着气离开。贝琳达对这样的事已经习以为常了，要是有一天晚上看不见他，就会觉得有点儿不舒服。

贝琳达每天都到花园里散步，妖怪向她讲述了很多植物的神奇性能。其中有一棵枝叶茂盛的悲喜树引起了贝琳达的注意。

“当它的树叶挺直朝上，你家就有喜事。”妖怪对她说，“当它的树叶垂落向下，你家就有悲事。”

一天，贝琳达看到悲喜树的树叶全都挺直向上，就问妖怪：“它为什么这样挺直？”

妖怪说：“你的姐姐阿苏达正准备出嫁。”

“我能去参加婚礼吗？”贝琳达问。

“去吧，”妖怪说，“但八天之内你一定要回来，否则，我就会变得好看，而且会死去。这是我送你的一枚戒指，当它上面的宝石变暗了，就说明我有麻烦，你就要马上赶回来。现在你可以去宫殿里选一些你最喜欢的东西送给姐姐作为结婚礼物。今天晚上你把所有的东西都收在一个箱子里，然后放在床下。”

贝琳达向妖怪道了谢，然后找来了箱子，在里面装满了丝绸衣裙、珠宝和金币，把箱子放在床下，就上床睡觉了。第二天早上，当她醒来的时候，已经是在父亲家中了，箱子也在。全家人都高兴地欢呼起来，两个姐姐看到箱子里的礼物后也很高兴，但当她们得知贝琳达过得这么舒适和富裕，而且妖怪又是那么善良，就又对她嫉妒起来。她们的生活虽然因为有了妖怪送来的礼物而不缺少什么，但还算不上富裕，而且阿苏达只嫁给了一个普通的木匠。她们以试戴为借口，把贝琳达的戒指骗了过来，又藏了起来。贝琳达生气了，因为她无法看到戒指上的宝石。到了第七天，她一边哭一边乞求两位姐姐把戒指还给她，父亲勒令阿苏达和卡罗利娜立即把戒指还给她。她一拿到戒指，就发现宝石不像以前那么清澈了，于是，她立即动身回宫殿了。

到了吃午饭的时候，妖怪没有出现，贝琳达急得四处寻找，大声呼唤。到了吃晚饭的时候，妖怪出现了，他一脸痛苦，说：“你知道吗？我病了，要是你再晚一点儿回来，就见不到我了。难道你不再喜欢我了？”

“不，我喜欢你。”贝琳达回答。

“那你愿意嫁给我吗？”

“啊，这可不行。”贝琳达大声回答。

又过了两个月，悲喜树又一次挺直了树叶，因为贝琳达的另一个姐姐卡罗利娜也要结婚了。这一次贝琳达又带着戒指和一箱子礼物去了。两个姐姐假装很高兴的样子迎接她。贝琳达告诉姐姐们，上次因为耽误太久差点儿误了事，这次不能停留太久。但两个姐姐又把那枚戒指骗到了手，当贝琳达把戒指要回来的时候，上面的宝石更加晦暗了。贝琳达忧心忡忡地回到了宫殿，吃早饭时没见到妖怪，吃晚饭时也没见到。到了第二天早上，他终于出现了。妖怪有气无力地说：“我差点儿就死了，要是你下次再迟到，我的末日就到了。”

又过了几个月。一天，悲喜树的树叶都干巴巴地耷拉下来了。

“我家里出什么事了？”贝琳达叫道。

“你的父亲就要死了。”妖怪说。

“啊？让我去见他一面吧！”贝琳达说，“我保证这一次一定准时回来。”妖怪同意了。

老商人看到小女儿来到了他的床边，一高兴，病情开始慢慢地好转。贝琳达不分昼夜地照顾着父亲，但一次洗手时，她把戒指摘下来放在小桌子上后就再也找不到了。她焦急地到处寻找，恳求两个姐姐把戒指还给她，当她要回戒指的时候，上面的宝石除了一个角，已经全黑了。贝琳达急匆匆地回到宫殿，只见里面一片黑暗，好像荒废了几百年。她一边哭着一边大声喊着丑妖怪，但没有任何应答。她四处寻找，几乎绝望地回到花园中，发现妖怪躺在花丛下，已经奄奄一息

了，贝琳达跪在他身旁，能听到他心脏的跳动声，只是声音很微弱。她伤心地扑到他的身上，哭着说："妖怪，妖怪，你要是死了，我活着还有什么意思！你要是醒过来，还能醒过来的话，我马上就跟你结婚，让你幸福！"

话音刚落，只见整个宫殿一片光明，每个窗户都传出了歌声和音乐声。贝琳达转过头一看，惊呆了，而当她回过头来再看玫瑰花丛的时候，妖怪已经不见了，一个年轻人从花丛里站了起来，他恭敬地对她行礼，说："谢谢，我的贝琳达，你救了我。"

贝琳达惊讶不已："我想要的是妖怪。"

年轻人跪在她的脚下，对她说："我就是妖怪。因为中了魔法，我变成了丑妖怪的模样，只有碰到一位心地善良的姑娘，愿意在我丑陋的时候跟我结婚，我才能恢复原貌。"

贝琳达把手伸给了年轻人，原来他是个国王。他们手拉手一起来到宫殿。贝琳达的父亲和两个姐姐都在宫殿的门口。父亲紧紧地拥抱着自己的女儿。而两个姐姐，由于心怀怨恨，站在大门的一边，变成了两个石像。年轻的国王和贝琳达结了婚，贝琳达当上了王后。从此，他们过着幸福的生活，共同管理着国家。

阅读与感悟

贝琳达勇敢善良，为了家人敢于一个人去城堡面对未知的风险，最终过上了幸福的生活。生活中，我们千万不可以以貌取人，要心存善念。

十二个月之神

山下一间小茅屋里住着一位母亲和她的两个女儿：大女儿玛萝希卡和小女儿海兰娜。玛萝希卡是继女，她在家里地位低，家中所有的活儿都落在她一个人身上，不论是耕田种地，还是洗衣做饭，全都是她干。可是她并不怨恨，母亲和妹妹吩咐她做的事，她一定去做。小女儿海兰娜却衣来伸手，饭来张口，每天只管在镜子前打扮自己，像个公主。

一月的一天，天气特别冷，天上飘着鹅毛大雪。海兰娜突发奇想，想要一朵紫罗兰花，于是她命令道："玛萝希卡，你到山上给我找一朵紫罗兰花。"

"啊，妹妹，现在是冬天，怎么会有紫罗兰花呢？"玛萝希卡为难地回答。

"你真是个懒惰的家伙，"海兰娜吼叫着，"你快去给我找紫罗兰花！"

母亲帮着海兰娜，恶狠狠地把玛萝希卡推出了门。

外面天寒地冻，可怜的玛萝希卡哭泣着往山上走去，四周都是厚厚的积雪，没有一丝人迹，连野兽的脚印都没有，玛萝希卡又冷又害怕。

走着走着，她突然看到前面有一道亮光，她打起精神，拼命赶过去。原来是一个熊熊燃烧着的火堆，火堆的周围有十二个石墩，其中一个石墩又高又大。她看到有十二个人坐在这些石墩子上。这十二个人中，三个是须发皆白的老人，三个是高大的中年人，三个是青年，还有三个是少年，他们正是十二个月的神。

玛萝希卡有些害怕，她后退了几步，胆怯地说："先生们，我叫玛萝希卡，请允许我烤烤火吧，我要冻僵了。"

坐在那个高大的石墩上的老人——一月神点了点头，把玛萝希卡叫了过来，然后问道："孩子，这里不是你该来的地方，你为什么要来这里？"

"我是来给我妹妹找紫罗兰花的。"玛萝希卡回答。

"紫罗兰花？一月里怎么会有紫罗兰花呢？你快回去吧。"

玛萝希卡委屈地说："找不到紫罗兰花，继母和妹妹是不会让我进家门的。"

伟大的一月神缓缓地站了起来，走到一个少年神面前，将手中的长棍子交给他，说："来，三月，你坐到那儿去。"

三月神跳到最高最大的石墩子上，用长棍子在火堆上一挥，火焰立刻旺了起来，四周开始变得温暖，雪融化了，地上钻出了嫩绿的草，树枝长出了新芽，一朵朵小野花也竞相露出了花骨朵——一派春意盎然的景象。

玛萝希卡看呆了，突然，一片紫罗兰花在她的周围盛开了。

"玛萝希卡，快去摘你的紫罗兰花吧。"三月神说。

玛萝希卡快活极了，她连忙弯腰采了一大束紫罗兰花，然后恭恭敬敬地谢过众神，开心地回家了。

当继母和海兰娜看到那一束紫罗兰花时，她们都惊讶极了。海兰

娜粗暴地问：“你从哪儿弄来的？”

“从山顶上弄来的，那里有一大片紫罗兰花。”玛萝希卡回答。

第二天，海兰娜又闲来无事地想要吃杨梅，她又吩咐道：“玛萝希卡，去给我找些杨梅来。”

“啊，妹妹，现在是冬天，到哪儿去找杨梅呢？”

“你真是个懒惰的家伙，”海兰娜吼叫着，“快去给我找杨梅来，我要吃杨梅！”

母亲又帮着海兰娜，恶狠狠地把玛萝希卡推出了门。

可怜的玛萝希卡又无奈地向山上爬，当她筋疲力尽地来到山顶上，又看到了十二个月的神，一月神依旧坐在最高最大

的石墩子上。

“你怎么又来了？”一月神不解地问。

“我来找杨梅。”

“杨梅？孩子，现在是一月，杨梅不会在这时候生长的。”

“我知道，先生，可是如果我弄不到杨梅给妹妹吃，继母和妹妹是不会让我回家的。”

伟大的一月神缓缓地站了起来，走到一个青年神面前，将手中的长棍子交给他，说：“来，六月，你坐那儿去。”

六月神坐到最高最大的石墩子上，用长棍子在火堆上一挥，火焰立刻旺了起来，四周的雪立刻融化了，大地渐渐绿了，树枝上长出了茂密的树叶，百花盛开，群鸟歌唱——一派夏日的景象。

玛萝希卡还没回过神来，一串熟透了的杨梅垂到她的眼前。

“玛萝希卡，快去摘你的杨梅吧。”六月神说。

玛萝希卡高兴极了，她连忙采了一兜子的杨梅，然后恭恭敬敬地谢过众神，开心地回家了。

当继母和海兰娜看到那一兜子的杨梅时，她们更加惊讶了。海兰娜粗暴地问：“你从哪儿弄来的？”

“在山顶上弄来的，那里还有很多杨梅呢。”玛萝希卡回答。

第三天，海兰娜又突然想要吃红苹果，当然她又要求玛萝希卡去给她

弄红苹果来。母亲第三次帮着自己的女儿将玛萝希卡赶出了家门。

这次，玛萝希卡直奔山顶，来到火堆边，向众神恭恭敬敬地鞠躬问候。一月神见玛萝希卡又来了，便问："这次你又要找什么？"

"我妹妹让我一定要找到红苹果，要是找不到红苹果，继母和妹妹就不允许我回家。"

伟大的一月神缓缓地站了起来，走到一个中年神面前，将手中的长棍子交给他，说："来，九月，你坐到那儿去。"

九月神坐到最高最大的石墩子上，用长棍子在火堆上一挥，火焰就升腾起一股股金色的火花，宛如秋季的金色阳光。厚厚的冰雪立刻消失不见了，果树上结满了果实，硕果累累，压弯了枝头——秋天就这样来临了！

玛萝希卡看到一棵高大的苹果树，上面结满了鲜红的苹果，一颗颗红苹果压得枝条几乎坠地了。她连忙跑过去摘了两个，红苹果太大了，她一手只能勉强拿住一个。她谢过众神，就急匆匆地往家跑。

玛萝希卡回到家，继母跟海兰娜感到十分诧异，她们怎么也想不到，玛萝希卡竟然又摘回了红苹果。

"你是从什么地方摘来红苹果的？"海兰娜几乎要疯了，她厉声问道。

"山顶上找到的，那边还有很多呢！"

"有很多为什么只拿两个回来？你一定是偷吃了不少，最后才拿给我们的吧！你这个贪婪的自私鬼，我早就知道你不会这么好心去帮我摘苹果！"海兰娜怒骂起来，她抢过两个苹果，跟母亲一起几口就将苹果吃了。

海兰娜跟母亲从来没有吃过这么好吃的苹果，她们还想吃苹果，就想让玛萝希卡继续去摘，可是又怕玛萝希卡在半路上偷吃。

海兰娜决定自己去摘苹果，她穿好大皮袄，决心要把整棵苹果树的苹果都搬回家来。母亲让海兰娜不要去，因为天就要黑了，而且又下起了雪，这样出去很危险。

可是，海兰娜看玛萝希卡穿着单衣都回来了，她穿着大皮袄，肯定能回来！海兰娜一甩围巾，还是走出了房门，往山顶走去了。

在山顶上，海兰娜遇到了烤火的十二个月的神。她虽然穿着大皮袄，还是感觉有些冷，就挤进去烤起火来，甚至还差点儿将一位神挤倒了。众神很不高兴，尤其是一月神。

“你来这里干什么？”一月神皱着眉头，低沉着声音问。

“我干什么关你什么事？”海兰娜很高傲，说完话转身就离开了，如同一只高傲的公鸡，昂着脑袋走进了树林。

阅读与写作

这段话通过语言和动作描写，以及比喻的运用，表现了海兰娜的无礼和任性，为下文故事的进一步发展埋下伏笔。

一月神挥挥手，火堆熄灭了，寒风顿起，冰冷刺骨的寒风吹动周围的树木，鹅毛般的大雪从天空飘落，一阵接着一阵，眨眼间，大雪就将周围覆盖了。

雪下得太大了，海兰娜分不清东西南北，周围全是一片白茫茫的，什么也看不到，她身上穿的皮袄也被寒风吹透了，冻得她浑身冰冷，四肢发麻。

“海兰娜怎么还不回来？”母亲担心起自己的女儿来，“不行，我得去看看。”

她穿上大皮袄，戴上围巾，开始向山上走去。她一路上不住地呼喊：“海兰娜！海兰娜！”但是并没有人回答，只有呼啸的寒风和鹅毛般的大雪。

继母走到山顶，寒风更大了，雪花更急了，她还在呼唤：“海兰娜！海兰娜！你在哪里呀？”

但是依旧没人回答，雪花落得更快了，寒风吹得更响了，天地一片白茫茫，看不见任何人影。

玛萝希卡在家把饭做好，打扫好卫生，等着海兰娜跟继母回来。过了许久，直到天黑，她都没看到她们回来。

“她们不会出什么事了吧？她们怎么到现在还没回来呢？”玛萝希卡很焦急，便想出去寻找她们，可是身上只有单衣，此时又在下大雪，她没有走太远。

几天过去了，继母和海兰娜还没有回来。雪停了，太阳照射在冰雪上，世间一片纯净洁白，唯有在雪地深处，可以看到两个被冻僵的人的身影。

阅读与感悟

善良、礼貌的玛萝希卡得到了十二个月的神的帮助，奇迹般地完成了不可能完成的任务。刁钻、任性的海兰娜贪婪无礼，最终将性命断送在了冰天雪地里。我们要做善良的人，用善心和爱心对待身边的人。一家人更是要相亲相爱才能把日子过好。

爱父亲如盐

很久以前，有一位脾气古怪的国王，他拥有三个善良、可爱的女儿，同时他还统治着三个富饶的国家，每个国家都有着独特的风土人情。

光阴似箭，岁月如梭，随着女儿们一天天长大，一个个出落成亭亭玉立的小姑娘，国王也迎来他的迟暮之年：这一天清晨，他发现自己的两鬓都有些斑白了。

国王想着，在自己离开人世之前，一定要让三个宝贝女儿都有一个好的归宿，看着她们过得幸福快乐。于是他决定将自己的三个国家分别赠予三个女儿。

可是怎样决定谁分到哪一个国家呢？他思来想去，决定把三个女儿都喊到自己的身边，依次询问她们有多爱自己。谁最爱他，得到的国家就最美丽，疆土就最辽阔。

“我爱你爸爸，就像寒冷冬天里温暖的火炉。”大女儿陶醉地说道，“要是能在寒冷的冬天里烤上暖暖的火，那该是多么幸福的事呀。”

“我爱你爸爸，就像炎炎夏日里吹来的凉爽的风。”二女儿笑嘻嘻地说，“夏天的天气那么热，凉爽的风对人们来说是再好不过的了。”

“我爱你爸爸，就像……就像人们爱盐一样。”小女儿小声而腼腆地说道。

> **阅读与写作**
>
> 这里使用了比喻的手法，将对父亲的爱比作寒冷冬天温暖的火炉、炎炎夏日吹来的凉爽的风、人们对盐的喜爱。比喻的手法可以将抽象的概念用形象、具体的事物加以表现，还可以让我们的语言更加生动活泼。

国王听到大女儿和二女儿的回答时，脸上都露出了满意的微笑。但当他听到小女儿把她对自己的爱比作人们对盐的喜爱时，他顿时恼羞成怒，朝小女儿吼道：“什么？这就是你对我的爱吗？像人们爱盐一样爱我？盐是多么普通的东西，我感到非常失望，如果这就是你对我的爱，请立刻离开我！”

国王将自己的两个国家分别赠予了大女儿和二女儿，却命令侍卫将小女儿赶出宫殿。

可怜的小公主突然失去了自己的父亲、姐姐和温暖的宫殿，感到非常委屈。她孤独地站在城墙外面，望着自己曾经居住的城堡，流下了伤心的眼泪。

她一边哭，一边走哇走哇，走了很久很久，在一片茂密的森林里迷了路。天色很快暗了下来，夜晚像墨水一样染黑了整片森林。小公主已经忘记了伤心，她害怕极了，借着朦胧的月光，在树林里跌跌撞撞地走着。

她浑身发抖，又饿又累，她好想吃一口美味的蛋糕，好想躺在柔软的床上呼呼大睡……就在她快要晕倒的时候，她发现不远处有一棵大树，上面结了密密麻麻的果子。

小公主捡了些果子充饥，正发愁该去哪里度过漫长的夜晚时，发现这棵大树正好有一个树洞，她真是累极了，于是捡了些干草铺在里面，便蜷曲着身子，昏昏沉沉地睡了过去。

就这样，小公主在树洞里居住下来，日复一日，她和花草相伴，同鸟儿一起歌唱，逐渐忘记了年岁。

“你是谁？为什么藏在这里？”

这一天清晨，小公主被一个陌生的声音唤醒，她睁开眼睛，发现阳光像水一样浸泡着这片树林，草地上飞舞着欢快的蝴蝶。

在这片明媚的阳光底下，正站着一个陌生的男孩，他穿着华丽的衣服，戴着威武的帽子，身后跟着一匹枣红色的骏马。

“你到底是谁？是人还是妖怪？快点儿回答我！”小公主吓得瑟瑟发抖，她一边哭一边告诉了陌生人自己的身份，并将自己的遭遇都告诉了他。

陌生人听到小公主的回答，垂下温柔的目光。他单膝跪在地上，向小公主伸出自己的手掌，对她说：“可怜的公主，我是邻国的王子，正好在这片树林打猎，如果您愿意，就跟我走吧，到我的王国去！”听到这样的邀请，小公主流下感激的泪水。就这样，小公主来到了王子的宫殿，也重新穿上华丽舒适的衣裙，变回了那个温柔可爱的公主。

王子很关心小公主，不久之后，他们便举行了婚礼，后来王子继承了王位，小公主也成了这个国家的王后。

有一天，已经成为国王的王子询问王后是否想回到她父亲的身边。王后回答他：“亲爱的丈夫，即使我曾经因为误会，被父亲赶出了家门，但我依然爱他，就像人们爱盐一样，他是我生命中不可分割的一部分。”

“不用担心，我会想办法帮你赢回父亲的心。”国王信誓旦旦地说道。

不久之后，国王给王后的父亲写了一封信，诚挚邀请老国王前来赴宴。

老国王收到信后非常开心，立刻收拾好行装启程。年轻的国王给了老国王最高的礼遇，带领他参观了美丽的风景，又带领他来到一间装修精美的房间，等待宴席开始。很快，一道又一道香气四溢的菜被端上了餐桌。

“尊敬的前辈，这些都是我们国度最好的菜肴，请您尽情享用。”

老国王期待地拿起餐具品尝，他先试尝了一道菜，发现没有什么味道，于是又换了另外一道菜，竟然也没有什么味道。

他疑惑地询问：“年轻人，非常感谢您的邀请，但为什么这里的菜都不放盐呢？这些最

好的菜肴，尝到嘴里，根本就没有什么味道！”

这正是年轻的国王想要看到的一幕，他微笑着答道：“尊敬的前辈，因为我听说您不爱盐，所以特意告诉了厨师，不要给您放盐。”

老国王听到回答，愣了一会儿，又长长地叹了口气，似乎想起了自己悲伤的往事。他凝视着自己国家的方向，缓缓说道：“曾经我有一个女儿，告诉我她对我的爱就像人们对盐的爱一样，我冲动之下将她赶出了王国，后来我命令侍卫去寻找她时，她已经完全不见了踪影。刚刚我突然明白了，盐对于我们有多么重要！不过，是谁告诉你我不爱盐的？”

年轻的国王露出了开心的笑容，他对老国王深鞠了一躬，愉快地说道：“尊敬的岳父大人，您自己去问吧！”说完他退到一旁。王后从他的身后缓缓地走了出来，轻轻呼唤了一声：“父亲！”

看到曾经的小女儿已经成为优雅端庄的王后，老国王热泪盈眶，他高兴极了，颤颤巍巍地起身抱住女儿，向她表达了自己的歉意，恳求她的原谅。

“请放心，父亲，我对您的爱仍然像盐一样，因为盐是我们每个人都离不开的，不是吗？”

阅读与感悟

这个故事告诉我们，有很多珍贵的东西看似寻常，却值得我们好好珍惜、爱护，不要等我们失去后才后悔。比如父母对我们的爱，我们对父母的爱。它们就像盐一样，看似简单、平凡，却是我们生命里不可或缺的事物！

牧鹅少年马季

在很久以前，有一个叫马季的男孩，他很想做一个有作为的人。马季的家里有很多只小鹅和三只大鹅，马季天天守着这些鹅过日子。很快，小鹅长成了大鹅，马季也坐不住了，他决定将这些鹅赶到德布勒格的集市上去售卖。

马季的妈妈不太愿意，毕竟在他们家附近的集市上也能把这些鹅卖出去，何必走那么远的路呢。但马季觉得德布勒格的集市来往的人更多，能卖更好的价钱。于是，妈妈同意了，为他准备了食物和水，就这样，马季赶着鹅出发了。

马季和他的鹅顺顺利利地来到了集市上。就在马季准备卖鹅的时候，德布勒格先生来到了马季的面前，他说:“我是德布勒格，你的这些鹅看上去不错，都给我吧！”

“一只鹅卖一个金币，一对鹅就卖两个金币，一个金币都不能少，即使是我爸爸来买鹅，也是这个价钱。”马季一本正经地说。

“这可是我的地盘，你知道不知道？”德布勒格不屑地说，“这里从来就没有人可以和我谈价钱，我根本不会付给你钱的，你这个小子！”

马季还是坚持不把鹅交给德布勒格先生。于是德布勒格奸笑着指示自己的仆从：“去，把这个浑小子抓到我那里关起来，把鹅充公，不要还给他了！”

仆从们遵从德布勒格的指示，抓走了马季，然后又狠狠地打了他一顿，就当作是那群鹅的价钱。

没想到马季不仅不服输，还气势汹汹地说：“我一定会三倍奉还你的，你记住了！”

德布勒格听见后又说：“好哇，我记着，仆从们，再给我打他一顿！”于是可怜的马季又被打了一顿，这回他终于不再逞能放狠话了，他只是默默地想：“我一定会报仇的，一定！”

几年过去了，马季长成了一个开朗的小伙子，但是他仍然牢牢地记着德布勒格对他做的一切。这一天，他听说德布勒格正在修建城堡，于是他假扮成一名外国的木匠，来到了这里。

德布勒格先生早就已经忘记了马季，他看见马季的装扮后就相信了他木匠的身份。德布勒格先生表达了自己对于城堡的重视，并在马季的陪同下来到了他拥有的那片森林里挑选树木。

陪同德布勒格先生和马季一起前来的还有一百名木匠，不过他们早已经分散开，各自去寻找合适的树木了。德布勒格先生和马季一边聊天一边往树林深处走去，渐渐地，周围就剩下了他们两个人。

就在这个时候，他们看见了一棵高大翠绿的树木，马季想了想，对德布勒格先生说：“我们一起去丈量一下它的树干吧，我觉得也许这棵树就是我要寻找的树木了。”

德布勒格先生十分赞同地点了点头，然后伸出双手，抱住了这棵大树。他正要让马季看看合不合适时，一件出乎他意料的事情发生了：马季竟然抓住了他的两只手，然后用绳子把它们绑了起来。

马季从德布勒格身上拿走了卖鹅的钱，并说道：“我根本不是什么木匠，我是马季，被你抢走了鹅还被打了的马季，你还记得吗？我说过会三倍奉还的，这只是第一次，你好好等着吧！”马季说完就打了德布勒格一顿，然后哼着歌走了。

阅读与写作

这段话描写了马季第一次惩罚德布勒格先生的经过，并为他下一次的惩罚做了预告。

一百名木匠做完自己的事情后就等着德布勒格先生和马季回来，结果怎么都等不到，于是他们只能四处去寻找。很快，被绑着的德布勒格先生就被解救了。

“他竟然是马季，那个卖鹅的少年马季！我曾经抢过他的鹅，但那都已经是什么时候的事情了，我早就已经忘记了！他说他要三倍奉还，他还会再回来两次的，天哪！”德布勒格先生一边念叨着，一边被木匠们抬回了家。

德布勒格先生很久没有受到这样的惊吓了，怎么也缓不过神来。没办法，仆人们只能给世界各地的医生寄信，请他们来治疗德布勒格先生的病。但是没有用，虽然他们尝试了各种方法，德布勒格先生的病依然没有被治愈。

马季听说了这个消息，于是他就乔装成医生又一次来到了德布勒格先生所在的城市。他在招待会上和人交谈，表现得像一个从外国来的医生。

然后马季询问这里的人有哪些大新闻，在听说德布勒格先生正在寻找医生的时候，马季表示自己愿意去试一试。很快，招待会的主人就安排马季去了德布勒格先生的住所。

德布勒格先生又一次被马季迷惑了，他以为马季是真的医生，能够治好自己的病。于是他吩咐自己的仆人听从马季的命令，很快，在马季的指挥下，德布勒格先生的身边就只剩下了他一个人。

这时候，马季终于露出了他的真面目：“我来复仇了！”说完，马季就又打了德布勒格先生一顿。“我根本不是什么医生，我是马季，我还会再回来的！”马季离开的时候对德布勒格说。

仆人们回来之后大惊失色：医生已经不见了。“那个人是卖鹅的马季，根本不是什么医生啊！”奄奄一息的德布勒格先生轻声说。自此，德布勒格先生的病情更加严重了。

不久，在高价悬赏之下，终于出现了一个能治愈德布勒格病情的人。德布勒格又能重新巡视他的领地了，不过不管他去哪里，身边都会带着一群侍卫。

马季很久都没有再出现在他的面前，德布勒格渐渐忘了这样一个人的存在。后来，这个城市又办了一次集市。这一次，马季假扮成了卖马匹的商人，他弄来了一匹好马，去了集市卖马。

就在他等着别人来买马的时候，他突然听见旁边的人在吆喝着，说自己的马是附近最好的马。马季忽然想出了一个计策，他来到卖马的人身边，表明了自己买马的意图。

然后他又对卖马的人说："我必须看你试一试这匹马，谁知道你是不是在说大话！待会儿看见了德布勒格先生，你就大喊'我是卖鹅的马季！'，然后就赶紧骑着马离开，我要看一看这匹马跑得到底有多快！"

卖马的人答应了。很快，德布勒格先生就出现了，卖马的人立刻照着马季说的话做了。德布勒格听见后立刻愤怒地命令自己的侍卫："快去抓住他，他是那个卖鹅的马季，快去给我抓住他！"

德布勒格先生周围的侍卫都立刻追了上去。就在这个时候，马季来到了德布勒格先生的身边悄声说："我才是卖鹅的马季！"德布勒格先生被吓得战战兢兢，不敢动弹。马季狠狠地打了他一棍，完成了诺言。

很快，马季就离开了这里，去了别的地方。

阅读与感悟

德布勒格先生仗势欺人最终受到了加倍的惩罚。我们都期待着他人的理解与尊重，要想赢得他人尊重，一定先要尊重他人。不过，马季蓄意报复的行为是不对的。

巨人捕手杰克

在亚瑟王统治时期，康沃尔住着一个年轻的小伙子，名叫杰克。他天真善良，勇敢大胆，沉迷于各种神话故事，并希望有一天自己能像故事中的主人公一样行侠仗义，拯救人民。

那时候的圣迈克尔山上住着一个恐怖的巨人，名叫康魔，他有五六米高，凶猛野蛮，常常跑到百姓居住的地方掠食人类，人们没有办法打败他。

杰克决定杀了他，像故事里的大侠一样救人民于水火。

这年冬天的一个夜晚，杰克带着铁铲、镐头等装备进山了，他耗费了差不多一整个晚上挖了一个十多米深的陷阱。天快亮时，巨人还在打着呼噜，杰克就吹响了号角，试图吸引巨人的注意。

“你这个家伙，竟然敢吵醒我！我要吃了你！”被号角吵醒的巨人愤怒极了，一路追赶杰克，一不注意就栽进了陷阱里，杰克抓住时机，杀死了他。

不久之后，杰克就开始了威尔士之旅。一天，杰克来到了一片森林里。森林深处有一座城堡，城堡被一个名叫布兰德波里的巨人霸占了。他听说了杰克杀死康魔的事，不屑极了：“我可不会那么笨。我

如果遇见了杰克，一定会杀死他的！”

杰克边走边欣赏着沿途的风景，森林里弥漫的气息让他有些陶醉，不知不觉他竟然在一棵树下睡着了。

此时，巨人布兰德波里正在森林里打猎，他打算寻找一些食物作为晚餐，没想到竟看见一个人倚在树下睡觉。他走近一看，竟然是杰克。自从上次杰克杀了康魔，所有巨人都已经认识他了。

“真是得来全不费工夫，看来今晚有大餐了！”布兰德波里小心翼翼地扛起杰克，把他带回了城堡，并将其锁在了一间屋子里。

布兰德波里想：“这么美味的食物，与人分享才好！”于是他就去邀请另外一个巨人过来享用杰克。

他走后不久，杰克醒了。杰克看了看四周，又透过窗子发现了走向城堡的两个巨人。他灵机一动，想了个办法，杀死了两个巨人。

杰克在城堡里还发现了三个被绑在一起的女人。

“救救我们吧！好心人，我们的丈夫被巨人吃掉了，我们也离死不远了！请你把我们救出去吧！”女人们哀求杰克。

“我已经杀死了巨人，没有人能威胁到你们了，好好活下去吧！”杰克给她们解开绳子，告诉她们这个好消息，“城堡和财物都属于你们了！”

杰克不需要这些财物，他要继续他的威尔士之旅。

一天，天色已晚，杰克看到了一座房子，打算在那里借宿。杰克走上前敲了敲门，没想到来开门的竟然是一个巨人。杰克没有退缩，他假装自己是一个迷路的旅行者，把借宿的请求告诉了巨人。巨人沉默着带他去了客房。

杰克虽然很累，但是他没有立刻睡觉，他知道大概所有的巨人都认识他，并且想要杀死他。他注意着巨人的动静，结果真的听见巨人小声地自言自语：“等你睡熟了，我要让你永远醒不过来。”

阅读与写作

这里通过对巨人的语言描写，表现了巨人对杰克的恨以及他想置杰克于死地的凶狠残忍。

杰克听了之后就把枕头放在被窝里，自己则躲在床底下。夜深后，他看见巨人偷偷摸摸进了屋，举起木棍恶狠狠地向床上砸去。

“也许他以为我已经被砸死了吧。”第二天早上，杰克看见一脸茫然的巨人时这样想。巨人假装询问杰克昨晚睡得好不好，得到肯定回答后，他不高兴地带着杰克去吃早饭，并给杰克拿来了一碗足足有四加仑的布丁。

杰克知道巨人看不起自己，认为自己一定吃不下这么多布丁，幸好他之前就在宽松的外套里面放了一个大大的皮袋子。

杰克趁巨人不注意把布丁装进了皮袋子。然后他给巨人表演了一个魔术：他划开了肚子上的皮袋子，把布丁原样倒了出来。杰克骄傲地问巨人："你能让早饭原封不动地回到盘子里吗？"

巨人不服气地说："当然可以，这也太简单了吧。"说完，愚蠢的巨人拿刀划开了自己的肚子，倒地死了。

杰克已经杀死了四个巨人，他觉得自己简直就是个天才。之后他给自己买了一匹健硕的马、一把锋利的宝剑、一双耐穿的鞋子，还有一顶可以隐形的帽子。

他骑上骏马，继续自己的威尔士之旅。又是一天，他在一座山里游荡的时候，听到了一阵呼救声。他戴好隐形帽，拿上宝剑，顺着声音一路寻了过去。

杰克在一棵橡树的后面看见一个巨人正左手拖着一个骑士，右手拉着骑士夫人的头发大步向前走着，骑士拼命地大声呼救。杰克决定救出他们。

杰克在隐形帽的掩护下，用宝剑猛砍巨人的大腿，巨人看不出哪里不对，但觉得自己的腿一阵阵剧痛，最后终于支撑不住身体，轰隆一声倒在了地上。杰克立刻用剑杀死了他，成功救出了骑士夫妇。

杰克一心想要找到巨人的老巢，于是他按照骑士夫妇指的路一刻不停地前进，终于来到了位于山脚下的一座房子前面。房子的主人是一个老人，他热情地接待了杰克，告知了杰克关于巨人的故事。

原来这座山的山顶有一个中了魔咒的城堡，被一个巨人和一个巫师霸占了。他们抢走了公爵的女儿，把她变成了一头白鹿。杰克听后愤怒不已："可恶的巨人，狠心的巫师！我一定要救回公爵的女儿，解除城堡的魔咒！"

杰克戴着隐形帽出发了，来到山顶的城堡，他大摇大摆地从守门的怪兽旁边走过，然后来到城堡的大门前。他看见门上面挂着一只金喇叭，下面刻了几行小字：谁吹响了这只金喇叭，巨人的头就会被他砍下！

杰克毫不犹豫地向上一跳，将金喇叭抓到自己的手里，用力吹响了它。喇叭声在整个城堡里回响，巨人和巫师听见后害怕极了，慌乱逃命。

没想到他们正遇上气势汹汹的杰克，杰克举起手中锋利的武器刺向巨人，经过一番厮杀，慌张的巨人被杰克杀死了，但是巫师却趁机跳到空中，卷起一阵风逃跑了，不过他已经被吓坏了，再也不敢出来做坏事了！

在杰克的努力下，魔咒终于解除了！再也不会有巨人来伤害人民。很快，所有人都知道了杰克的光辉战绩，他们非常佩服和崇拜杰克。杰克觐见了国王，国王不仅赏赐给他一座城堡，还做主把公爵的女儿嫁给了他。

阅读与感悟

杰克运用自己的智慧与勇气先后杀死了很多残暴的巨人，解救了被巨人欺压的人们，还解除了城堡的魔咒，杰克的英勇无畏值得我们学习。这篇故事也告诉我们，应相信正义终将战胜邪恶。

寻找地下宝藏

村庄的夜晚寂静极了，月光像细细的盐粒洒向地面。黑夜里传来“咯吱”一声，吉安尼推开了农舍的木门。

“晚上好，布鲁诺！”他热情的声音简直像壁炉里的火焰，让正沉浸在寂静里的布鲁诺不得不从沉思中抬起头来。

“快请进，我的朋友，很高兴见到你，我们来喝杯酒吧！”

两个人在火炉旁喝起了红酒，他们聊了会儿天气、打猎和庄稼。突然，吉安尼把酒杯放回桌上，担忧地问道：“亲爱的布鲁诺，我从一进门就觉得你兴致不好，往常你可不是这样。说吧，是什么事情在困扰着你，也许我能帮上点儿忙呢！”

布鲁诺仰头喝完杯子里的酒，叹了口气说：“你知道的，我的孙子马里奥，他是一个聪明的小伙，可就是太懒了。他一天到晚都躺在床上，什么农活儿也不干，我都不知道该拿他怎么办了。”

吉安尼捋着自己的胡子，思考了一会儿，说：“我有个办法，说不定能解决你的烦恼！”

他把自己的想法告诉了布鲁诺，布鲁诺的脸上随即露出了欣慰的笑容：“这真是个好主意，希望可以成功！”

第二天早上，吉安尼来到了布鲁诺的家中。太阳早就高高挂在了半空，可布鲁诺的孙子马里奥却还在床上躺着，正呼呼睡着懒觉。

“早上好哇！马里奥，梦里的世界怎么样？”吉安尼调侃地冲他喊道。

马里奥揉了揉惺忪的睡眼，不耐烦地说道：“原来是吉安尼叔叔！我正梦到自己拥有满满一屋子的财宝，我都还没来得及仔细去瞧呢，你怎么能闯进来破坏我的美梦！”

“那可真是太巧了，我这里呀，还真有些财宝，你想不想要？”吉安尼神秘兮兮地说着，从口袋里掏出一张又破又旧的纸，小心地展开，把它递到马里奥手上，故意压低声音，继续说道，“这可是一张非常古老的藏宝图，据说在某个地方埋藏着五十根金条，但是因为图纸非常难懂，到现在还没有人找到。不过，经过我的研究，我已经知道藏宝地在哪儿了！”

一听到“藏宝图”，马里奥立刻翻身坐了起来，惊叫道：“我的天，五十根金条？快带我去找吧！我一定可以找到！”

吉安尼带着马里奥来到宝藏的埋藏地。和周围庄稼长势良好、干净整洁的庄稼地相比，这里杂草丛生，荆棘遍布，荒芜得十分可怕。

“金条就埋在这下面，看来得先把这里的杂草除掉！可惜我白天农活儿太忙，简直抽不开身，这可怎么办呢？”吉安尼故作苦恼地说道。

“交给我吧！吉安尼叔叔！”马里奥话音未落，就已经往家跑去。他

阅读与写作

这里用了对比的写作手法，将“宝藏的埋藏地”与周围干净整洁的庄稼地做对比，突出了“宝藏的埋藏地”的荒芜与杂乱。我们在写作中也要学会使用对比的手法，用以突出我们要表现的事物的特征。

拿来农具，二话不说开始清理起杂草。

火辣辣的太阳鞭子似的抽打在马里奥背上，烦人的蚊虫没命地叮咬在马里奥手上，带刺的藤蔓无情地划破了马里奥的双脚……但马里奥一刻也没有休息，他不停地干着活儿，全然不顾汗水早已浸透了衣服。

当所有杂草都被清理干净时，天色已经暗淡下来，马里奥又累又饿，然而，望着在自己的努力下亲手开辟出的“新天地”，他心里涌动着说不出的快乐。

第二天一早，阳光刚刚洒入窗台，往常还在睡懒觉的马里奥已经起床了。吃完早饭，他便迫不及待地扛起锄头来到藏宝地。

他挥舞着锄头不停地挖呀挖呀，土壤很干，飞扬的尘土撒向他的头发，钻进他的鼻子，呛得他不停地咳嗽。

“你应该先把土地浇湿，这样土地就会变得松软，挖起来既不费力也不会有那么多灰尘。”赶过来查看进展的吉安尼提醒他道。

马里奥立刻找来水管，把地来来回回浇了几遍，直到干涸的地面完全湿透。过了几天，一群孩子放学回来，他们看到松软而湿润的土地，就开心地从上面径直穿过。

马里奥担心他们会发现地下的宝藏，赶紧挑来马粪，将它们撒了上去。“看你们谁还想从这上面经过！”马里奥得意地想。

接下来，马里奥继续挖地，松软的泥土挖掘起来果然比先前要轻松许多，看着黝黑的土壤在脚边像开了花一样被自己的锄头带动着不断翻卷，马里奥越干越来劲了。他从南面挖到北面，从左边挖到右边，把整片土地都翻了个遍，但期待中的金条根本就没有出现，连个金色的影子都没有看见。他累极了，不得不先回到农舍休息。他没有注意到，自己前脚刚走，吉安尼后脚就溜了上去，往新挖好的泥土里悄悄撒入了种子。

第二天一早，马里奥没有早早地来到藏宝地，而是仍然躺在床上，他这几天为了寻找金条，把自己搞得实在是太累了。这会儿，他的身体就像软泥一样，根本站不起来。最重要的是，对于宝藏的事，他虽然很不甘心，心里却已经有点儿失望了。

这时吉安尼正好来到屋子里，假装惆怅地安慰他说：“好孩子，也许是我没有理解这张藏宝图的奥秘，我要把它交给一个聪明的朋友看看，也许他能够给我们更多线索。你最近好好休息，一有好消息我立刻来通知你。”

马里奥再次相信了吉安尼叔叔的话，他百无聊赖地等着，一连等了好几个星期，都没有好消息传来，他对宝藏的期待已经从刚开始的满心欢喜变得心灰意冷，渐渐地，他甚至不再去想它了。

这一天清晨，吉安尼欢快地跑进了马里奥的农舍，对他喊道：“快去看看你的藏宝地吧！”

马里奥心里陡然燃起了新的期待，他立刻拉上爷爷布鲁诺一起赶到地里。原本空荡荡的土地上居然已经长出了一片绿油油的莴苣，每一棵都鲜嫩无比，像一排排插在泥土里的绿宝石！马里奥没有想到，生长成熟的莴苣，能这么美丽。

这时一个外地商人刚好路过这里，他看到地里那些精致的莴苣，立刻来了兴致。原来，外地商人在他所在的城市里从没有见过这种蔬菜，更想不到它如此鲜嫩清脆。他琢磨着要是能买回去，肯定能大赚一笔，于是他对马里奥说道："五十根金条，请问您卖不卖呢？"

马里奥突然明白了，原来吉安尼叔叔嘴里所说的宝藏，就是指这些呀！

"金条一直都在这里，只是我们暂时看不到罢了！现在这些都是你的了。"吉安尼把卖莴苣换来的金条递给了马里奥。

抱着沉甸甸的金条，马里奥心里别提有多高兴了。

"土地里总是埋藏着宝藏，但你得用汗水去浇灌它们，才能让它们长出来呀！"爷爷布鲁诺轻轻拍了拍马里奥的肩膀。从那以后，马里奥便在爷爷的农庄辛勤劳作，他种植了大片的庄稼和蔬菜，最终得到了巨额的财富。

阅读与感悟

这个故事告诉我们：只有勤劳耕耘的人，才能收获想要的"宝藏"；好吃懒做不仅虚度光阴，还会失去本该属于自己的宝藏！小朋友们，我们在自己的学习、生活上，如果付出努力，也能够像故事里的马里奥那样，收获属于自己的财富。

自己家里的钉子

在很久以前，有一对贫困的夫妻，他们有三个儿子，分别叫马兹、皮德和斯文得。

这一年天气大旱，农作物收成不好，孩子们不得不出去挣钱养活自己。

母亲非常舍不得三个孩子，尤其是小儿子斯文得。父亲想让小儿子去放羊，可是小儿子却说："爸爸妈妈，你们不用为我担心，我会自己找到工作的，放心吧！"

母亲含着眼泪同意了。在走之前，兄弟三人都准备从家里带走一样东西作为纪念。

大儿子马兹带走了父亲的旧上衣。他说："反正衣服已经旧了，我可以在路上穿，即使衣服破了也不心疼。"

二儿子皮德带走了母亲的宝贝铁锅。他说："反正收成不好，连粮食都没有，母亲也不会用它来做什么了，我可以把它卖了换一些钱，这样还够我混一段日子。"

斯文得却认真地想了想，说："妈妈，让我带一颗钉子做纪念吧，就是我晚上睡觉时，用来挂衣服的那一颗。"

他把钉子小心翼翼地从墙上拔下来，用一块布认认真真地包了起来，好像这颗钉子是黄金似的。

阅读与写作

“小心翼翼”“认认真真”这两个词充分表明了斯文得对这颗钉子的珍视。

马兹看了之后哈哈大笑，说道：“一颗生锈的钉子能有什么用呢？”皮德也笑了笑，说道：“谁知道呢，也许用得着吧！”

兄弟三人准备好东西后就立刻出发了，但是走到一个十字路口的时候，马兹停了下来，对斯文得说：“斯文得！皮德和我一起出发，你就和你的宝贝钉子一起离开吧！”

“好的，亲爱的哥哥们，祝你们一路顺风，我也会努力养活自己的！”斯文得和哥哥们告别后，就踏上了另一条小路。

走了一段时间之后，斯文得有点儿累了，他正想找个人家休息一会儿，就看到了一头“熊”。斯文得吓坏了，他要赶紧找个地方躲藏起来，谁知道那头“熊”非常迅速地移动了过来。斯文得仔细一看，原来是一个人赶着大车过来了。

那个人一脸焦急，看见斯文得就说：“小朋友，你看，我大车的轮子快掉下来了，来不及到铁匠铺修理了，你有什么办法吗？”

斯文得说：“我有一颗钉子，能够把轮子钉好。但是它是我从家里带出来的，是我的宝贝，我只能借给你用，好吗？”赶大车的人听了哈哈大笑，他答应了斯文得的请求，用钉子把车轮修好，然后带着斯文得一起到铁匠铺去。

这是斯文得第一次来到铁匠铺，他对这里的一切都充满了好奇。不管是大汗淋漓挥舞着铁锤的铁匠，还是烧得发红的铁块，或者其他工具，都深深地吸引着斯文得。他轻轻地询问铁匠：“叔叔，我能像您一样，在这里当个铁匠吗？”

铁匠听后立刻爽朗地笑了，他说：“别开玩笑了，小鬼！你知道这个铁锤有多重吗？这可不是玩具！不过，最近我的儿子生病了，如果你愿意留在这里的话，可以做他之前的工作，我保证不会让你饿肚子，还会给你几个铜板的工钱，你觉得怎么样？”

“太好了，我愿意留在这里。”斯文得高兴地喊道。他从赶车人的手中拿回了那颗钉子，十分珍惜地用布包了起来，然后留在铁匠铺，帮铁匠打下手，同时也学会了不少手艺。

一个月之后，铁匠的儿子身体痊愈了，斯文得就拿着铁匠给的工钱，高高兴兴地离开了。

不久，斯文得来到了一个裁缝店的门前，看见裁缝正在掸一件上衣的尘土，可一不小心，衣服从他手里滑了下去，掉到了满是露水的草地上。

斯文得赶紧走上前去，捡起衣服，对裁缝说：“您把它挂起来晾干吧，我这儿有一颗钉子，可以帮您的忙。”裁缝不高兴地说：“不用你来教育我，我知道该怎么做！”斯文得并没有因为裁缝的语气生气，他拿出钉子，钉在了门框上。

裁缝把衣服挂在钉子上，把它掸得干干净净的，又请斯文得到房子里来，叫妻子给他端来牛奶和面包。斯文得确实太饿了，他礼貌地道谢后迅速吃了起来。

也许是味道太好了，他吃得非常香，这让女主人非常高兴，她对丈夫说：“把这个孩子收下当徒弟吧。”

斯文得也愿意留在这里，于是他又开始学习裁缝的手艺。不幸的是，不久之后裁缝得了一场重病，很快就去世了。于是斯文得把他的钉子从门框上拔下来，和女主人告别后再次出发了。

斯文得刚刚来到一个村庄，突然电闪雷鸣，狂风呼啸，马上就要下雨了，这时他看见一个老奶奶正要收床单，结果晾衣绳一边的钉子断了，床单一下子全部掉在了地上。

斯文得立刻走过去帮老奶奶的忙，他先把床单送到屋里，出去后一边把钉子钉上墙，一边说："我先帮您把绳子系好，但是您到时候可要把这颗钉子还给我，这是我从家里带出来的纪念品。"

老奶奶连忙答应，然后让斯文得到屋里躲雨。斯文得一进来就看见屋里有个鞋匠正在做鞋，他认真地观看，看得十分入迷，直到老奶奶问他要不要学做鞋，斯文得才回过神来，一口答应了。

斯文得勤奋地跟鞋匠学习，没过多久就学会了修鞋和做新鞋。善良孝顺的斯文得在学会做鞋之后的第一件事，就是用他攒的钱买了一些皮子，给母亲做了一双新皮鞋。秋天很快就到了，斯文得领了工钱，告别鞋匠，回家去了。

在回家的路上，斯文得路过了一个市场，他发现了父亲那件旧上衣，心想："一定是马兹为了糊口卖掉的。"于是斯文得买回了这件衣服，继续赶路。

紧接着，在一家小铺子里，斯文得又发现了那口被母亲当作宝贝的铁锅，他赶紧拿钱把铁锅赎回来，心里别提有多高兴了！斯文得加快了回家的脚步，很快，他就回到了自己的村子。

斯文得来到家门前，看见家里站着两个衣衫褴褛的人，原来马兹和皮德也是今天回到家的，母亲正站在他们面前伤心地说："我可怜的孩子，你们没有赚到钱，还受了这么多苦，以后你们要怎么办哪！"

斯文得立刻跑向母亲，紧紧地抱住了她："妈妈，我好想您哪！"斯文得放开母亲，让她看自己带回来的东西。"您看，这是爸爸的上衣，这是您心爱的铁锅，还有我送给您的礼物：一双我亲手做的新皮鞋。另外，请收下我挣的工钱吧！您知道吗？现在的我学会了多种技能，都是因为我们家的钉子呀，它一直在帮我的忙呢！"

斯文得说完，就高高兴兴地把钉子钉回了它原来在的地方。

哥哥们看见弟弟斯文得带回了这么多东西，竟然还包括他们卖出去的旧上衣和铁锅，感到一阵羞愧。母亲则高兴得流下了热泪，她急忙为家人们准备了丰盛的晚餐，欢迎儿子们平安归来。

阅读与感悟

"钉子"虽然不起眼，却可以有大用处。故事中的斯文得勤勤恳恳，做事能够俯下身，沉下心，如此才能从铁匠、裁缝、鞋匠那里学到各种技能，并用学到的本领给家人带来财富。我们要有这样的"钉子"精神，不断地丰富自己，让自己有更多的用武之地。

公爵与仙纸

从前，有一位很爱玩的公爵，他花光了所有的积蓄，不得不四处劳作以赚钱糊口。有一天晚上，他来到一片树木浓密的森林。天就要黑了，他还是没有找到一个适合住宿的地方，他开始着急起来。

他急匆匆地向前走着，忽然发现前面不远处，有一间小小的茅屋。于是，他走了进去。茅屋里面空荡荡的，只是在角落处摆放着一个大箱子。

“这箱子里有什么呢？这么大的箱子，可能里面有许多面包吧！”公爵已经饿得前胸贴后背了，他就只能想起面包了。

公爵马上打开了箱子，箱子里面竟然还有一个箱子，就这样一个箱子套着一个箱子，他也就一个箱子接着一个箱子地打开，直到最后掏出了一个小小的箱子。

“这里面一定放着金子或比较贵重的东西吧！”公爵一边想着，一边打开了小箱子。小箱子里面并没有什么贵重的东西，只有一张小小的纸条，上面写着几个字。公爵失望地展开纸条，读出了上面的字：“过来，我的仆人！”

公爵刚读完这句话，突然听见身边有人说：“您有什么吩咐，我

的老爷？”

公爵觉得非常奇怪，就向周围看，但是并没有发现茅屋里有人。于是，他说：“如果有人听到了我说话，那就请你发发善心，拿点儿吃的给我吧！”

话音刚落，茅屋的正中间出现了一张桌子，桌子上放着丰盛的饭菜。公爵不客气地坐下来，狼吞虎咽地吃了起来，直到把肚子塞得饱饱的。

吃完饭之后，公爵有些累了，就又拿起那张纸条，读道：“过来，我的仆人！”

“您有什么吩咐，我的老爷？”

“给我拿张床来，我要休息。”

一张非常豪华又非常舒适的床突然出现在茅屋里。公爵躺在床上，看着茅屋的屋顶，总觉得茅屋跟这张床不般配，于是又接着说：“过来，我的仆人！”

“您有什么吩咐，我的老爷？”

“给我造一座配得上这张床的宫殿吧！”眨眼之间，公爵就已经躺在了非常豪华的房间里，周围的墙壁都是用金子砌的，上面还镶满了珠宝。

第二天醒来，公爵在宫殿里走了一圈。这是一座很大的宫殿，有数不胜数的房间，装修很豪华，周围的森林都已经消失不见了，变成了美丽的花园。公爵又拿出那张纸，开口道：“过来，我的仆人！”

“您有什么吩咐，我的老爷？”

“给我找来一些仆人，如此富丽堂皇的宫殿没有仆人怎么行呢！”话音刚落，宫殿里立刻出现了无数的仆人，仆人们开始四处忙碌奔走。

公爵站在宫殿的阳台上，看到不远处也有一座宫殿，宫殿里有一位公主，公爵非常欣赏这位公主。而国王一直都觉得没有哪个男人能配得上自己的女儿，更没有任何人能够赢得她的芳心。

有了底气的公爵没有使用那张纸，而是带着一些随从，前往国王的宫殿提亲。公主见到了公爵，一下子就爱上了他。国王亲切地接待了阔气的公爵，并答应将女儿嫁给他。第二天，公爵就跟公主举行了婚礼。

美好的日子过得很快。一天晚上，公爵听到有人问他：“我的公爵老爷，现在您满足了吧？”

“是呀，我现在很满足。”

“请您把那张小纸条给我吧，您已经用不到它了。”

“拿去吧，反正上面的字我已经会背了。”

公爵拿出仙纸，刚把仙纸放到桌子上，仙纸就消失不见了，那个声音也消失了。随后，公爵就同妻子睡觉

阅读与写作

此处为后文写公爵失去宫殿、花园、财宝、仆人做了铺垫。

去了。

天还没亮，公爵就被冻醒了。他睁开眼睛一看，发现自己光着身子睡在一个空茅屋里，他的宫殿消失不见了。公主虽然还穿着衣服，但也非常痛苦，因为周围的一切都没有了，宫殿、花园、财宝、仆人全都没有了。

“过来，我的仆人！”

“过来，我的仆人！”

无论公爵如何大声喊，都没有听到回答的声音。公爵只好把一切都告诉了公主。公主没有责怪他，仍然要跟他在一起。

国王发现公爵的宫殿不见了，取而代之的是一片森林，他立刻带着随从找了过来。当他看到公主和公爵住在茅草屋里时，爱女心切的他不禁大发雷霆，吩咐手下将公爵绑起来，无论公主如何哀求都不能让国王息怒。公爵被关押到牢房里，晚上，公主用一枚金戒指贿赂牢房的看守，将公爵救了出来。两个人朝树林深处逃走了。

公爵在牢房里时已经意识到了自己不该把仙纸给那个看不见的仆人。太阳再次徐徐升起时，公爵听到了响亮的马车声。一个小老头儿驾着一辆马车从远处驶来，那个小老头儿的身上穿着灰色的衣服，头上戴着一顶尖顶小红帽，脸上挤着一对亮亮的小眼睛。

“你真是一个傻瓜，只有傻瓜才会相信不劳而获。不过我要谢谢你，要不是你肯把仙纸给我，我永远也不会恢复原形。怎么样，你还要把仙纸拿回去吗？”

小老头儿故意拿着仙纸在公爵面前晃了一下。公爵一伸手就抢到了小老头儿手中的仙纸，接着就喊：“过来，我的仆人！”

马车和小老头儿瞬间都不见了，只听到有人说：“您有什么吩咐，我的老爷？”

“把宫殿、仆人、花园、财宝……总之把一切都恢复成原来的样子！”霎时间，宫殿、花园、财宝又都出现在了原来的地方，一切都恢复了原样。当国王看到这一切时，他以为自己做了一场梦。

公主和公爵又开始了幸福快乐的生活。公爵曾经受过苦，现在得到了梦寐以求的生活，便不再求仙纸帮忙了，很多事情都亲力亲为，努力生活。公爵很聪明，加上公主的帮助，很多事他都处理得非常好。

国王看到公爵越来越能干，就让他帮忙管理国家。因为公爵曾经亲身体验过穷人的悲苦，所以，他成了一个心怀仁慈的掌权者，大家都非常尊敬他。

这一天，公爵刚刚处理完事务回来，就听到那位看不见的仆人说：“亲爱的老爷，您现在一切都是自己动手了，这里已经再也不需要我了！您还是放我走吧！”

公爵想了想，摇头说道：“不是我不放你走，而是担心你会落在某个懒汉手里，他会好吃懒做，一切都靠你。”

公爵跟仙纸商量了好久，最终决定用一个涂满油漆的箱子将仙纸装起来，然后由公爵找一个秘密的地方，挖一个深坑，将它埋起来。公爵这样做后，还专门找来了几块巨大的石头压在箱子上面，彻底跟那位看不见的仆人——仙纸告别了。

阅读与感悟

仙纸给公爵创造的东西是可以收回的，公爵靠自己的双手创造的东西才是实实在在的。公爵吸取教训，开始依靠自己的勤劳和努力，让自己和家人过得幸福。这个故事告诉我们：做人要脚踏实地，幸福的生活要靠自己的双手去创造。

侠客罗宾汉

在12世纪、13世纪之交的英国，曾有一位家喻户晓的传奇英雄，他善良、正直、热心、勇敢，数次为了国王理查和自己的国家出生入死。他有一个响亮的名字，人人闻之而敬畏，他就是：侠客罗宾汉。

当战争的阴影笼罩祖国，人民陷入水深火热的生活时，罗宾汉曾为了祖国奋起反抗。可不幸的事情还是发生了，国王理查被敌军俘获，国王的弟弟约翰为了争夺统治权，居然对自己的哥哥不管不顾，甚至拒绝赎回国王。

罗宾汉据理力争，但这个昔日为祖国抛头颅、洒热血的英雄，却因此遭到新国王的迫害。士兵们不仅将他的土地和财产全部没收，还关押了他心爱的妻子。

侥幸逃脱追捕的罗宾汉躲进了舍伍德森林，这是一片人迹罕至的茂密丛林，遍布着蛇蝎鸟兽，但也因此成为罗宾汉的藏身之处。甩开追杀的士兵之后，他一瘸一拐地在树木间穿行，直到伤口流血过多，直到被荆棘

阅读与写作

此处通过细致的动作描写和贴切的语言描写，刻画了罗宾汉的艰难处境。

划破了手脚，直到饥渴力竭，他再也走不动了，身子疲软地匍匐在一棵树下。他抱着粗壮的树干啜泣起来："老天，我该怎么办？理查国王还在异乡孤独受难，我的妻子还在监牢中忍受折磨，他们都需要我挺身而出！可是光靠我一个人是不行的，谁能来帮帮我呀？"

罗宾汉失声痛哭，伤口处却传来一阵剧痛，闪电般掠过全身，将他击晕在地。

罗宾汉醒来的时候，发现周围的一切都变了样：这里是一个山洞，不远处燃着一簇热烈的篝火，几个奇怪的影子被火光投射到石壁上，显出光怪陆离的样子。追寻着影子望去，是几个穿着绿色衣服的男人，他们正聚在一起商量着什么。

"抱歉打断你们，请问我为什么会在这里？"罗宾汉忍着身上的疼痛问道。

"是我们把你带回来的，我们在这片森林里生活了很久。"其中一个人答道。

"谢天谢地！遇到了你们这样的好心人，我是罗宾汉，我一定会报答你们的！"

一听到罗宾汉的名号，几个人立刻肃然起敬。他们面面相觑，不敢相信被自己救回来的人正是家喻户晓的英雄。

"我们本是村里的农民，因为受不了新国王的压迫才逃到了这里，我们在这里依山而居，傍水而生，过着劫富济贫的日子。罗宾汉大人，如果您愿意，请留下来加入我们！"

面对众人真诚的邀请，罗宾汉思忖良久。他想自己现在无处可去，正好也需要大批人手来解救国王，找回妻子，于是爽快地答应下来。

就这样，罗宾汉过上了丛林生活，他凭借自己超强的武艺，成了这群人的首领。他们嫉恶如仇，将从恶人手里抢来的金钱分发给周围贫穷的百姓。渐渐地，他们的队伍越来越壮大，财富也越来越多。

终于，罗宾汉有了足够的财宝，他将老国王从敌军那里赎了回来。

为了答谢罗宾汉的忠诚与英勇，国王立刻释放了他被关押的妻子，并恳请他留在自己的身边，做宫廷护卫。

“我将给予你享不尽的荣华富贵，赠予你富饶的封地与爵位！你还需要什么都可以告诉我，无论是什么我都可以满足你，因为你是我们祖国的英雄。”国王真诚地说道。

“尊敬的国王殿下，非常感谢您的恩赐，但请原谅我的鲁莽与固执。由于我与丛林相伴太久，早已习惯了森林里自由自在的生活，如今只希望重新回到那里。如果您一定要赏赐我一些东西的话，我请求您赐予我自由。他日王国有难，我必将万死不辞！”

阅读与写作

这里运用了语言描写，表明罗宾汉是一个不贪图权贵且有担当的人。

见罗宾汉去意已决，国王心里虽然有千般不舍，还是遵从了他的意愿，让他回到丛林并赐予他金银财宝作为报答。

回到丛林后，罗宾汉利用国王赐予的金银财宝振兴了自己的队伍，还将多余的部分赠送给穷苦的人民。在舍伍德森林深处，罗宾汉带领着自己的手下扶贫济弱，他们会认真关心穷苦人民受到的不公平待遇，倾听他们的需求，然后仗义出手。那些无恶不作的地主，常常闻风丧胆，对罗宾汉的大名恨得牙痒痒，却又无可奈何。

一晃过去了不知道多少年，罗宾汉和方圆百里的百姓都过着安居乐业的日子。然而，无情的战火再次蔓延到祖国的土地，国王理查战死沙场，罗宾汉立刻兑现自己当年的许诺，带领手下，披挂上阵，为祖国浴血奋战。

当罗宾汉在前线为这个被敌人的铁蹄蹂躏的祖国英勇杀敌的时候，他的妻子却被敌人抓捕。听到这个消息，罗宾汉的眼中禁不住流下了泪水，因为他知道，国难当头，自己无法离开战场搭救妻子，祖国和家人，他只能为大局着想，选择国家！

他要继续留在这里，为祖国、为人民战斗，直到流干最后一滴血。

正因为罗宾汉和其他将士的努力抗争，外敌被驱赶出境，祖国的生灵才免遭荼毒。罗宾汉带领自己的手下回到舍伍德森林，昔日的家园已经被焚毁，而他心爱的妻子也早已不见踪影。

罗宾汉悲恸欲绝，但这也坚定了他惩治恶霸，除暴安良的决心。他擦干眼泪，义无反顾地带领手下继续在舍伍德森林行侠仗义，在历史的画卷上谱写着自己不朽的绿林传奇。

阅读与感悟

这篇故事中的主角罗宾汉，坚强、正直、善良、勇敢。他在遭受新国王的迫害，陷入人生的逆境时，仍然勇敢地站了起来；当他救回老国王时，他却不被荣华富贵迷惑自己的内心，而是坚定地去追逐自己的自由和热爱的生活；当他必须在家人与祖国之间做出选择时，他毅然舍小为大。小朋友们，我们也要学习他这些美好的品质，做坚强、正直、善良又勇敢的人！

“半只鸡”的力量

有一位年轻的养鸡人，他因为天天整理鸡圈、钻鸡窝，把自己弄得从头到脚都是鸡毛，又因为他长得比较矮小瘦弱，所以人们都叫他“半只鸡”。

这一天，国王让侍从出去找点儿好吃的，并给了侍从一袋皇家小麦，用以支付费用。侍从在去寻找的路上，为了有力气继续赶路，就偷吃了一把小麦。皇家小麦实在太好吃了，侍从就一把接着一把地吃起来。很快，他就将一袋小麦全吃光了。这时，侍从发现了“半只鸡”的鸡舍。

“半只鸡”走过来，跟侍从打招呼：“你好，过路人，我能帮你做点儿什么呢？”

侍从非常高傲，昂着头看也不看“半只鸡”，说：“给我一些鸡，这是国王的命令！”

“国王打算要几只鸡呢？用什么来跟我交换呢？”“半只鸡”问。

“给我准备七只鸡，明天国王会给你一袋皇家小麦作为交换。”侍从粗暴地说。这是一笔好买卖，“半只鸡”很快就抓了七只鸡交给侍从。侍从以为这个瘦小的人即便拿不到小麦，也不敢跟国王讨债。于是，他就带着鸡回去了，国王也吃到了美味的鸡肉。

第二天，“半只鸡”按照约定在家等着国王的小麦，可是国王并没有派人送来小麦。第三天也是如此。他又等了一天，还是没有人送来小麦，看来国王的小麦是不会送来了。

“好吧！既然国王不肯给我小麦，那我就去找他，讨回他欠我的一袋小麦。”说完，“半只鸡”背上包袱就上路了。

这一路上，“半只鸡”先是遇到了狐狸。狐狸问他：“‘半只鸡’，你这是干什么去呀？”

“我要去见国王，他欠我一袋小麦！”

“那我能跟你一起去吗？”

“好哇！你跳到我包袱里来吧，友好的狐狸！”

于是，“半只鸡”背着一个包袱，包袱里有一只狐狸，他们一起出发去见国王。走了好久，“半只鸡”停在河边喝水。小河问他：“‘半只鸡’，你这是要去哪里呀？”

“我要去见国王，他欠我一袋小麦！”

“请把我带上吧！”

“没有问题，你跳到我的包袱里来吧，温柔的小河！”

于是，“半只鸡”背着一个包袱，包袱里装着一只狐狸和一条小河，他们一起出发去见国王。

“半只鸡”继续向前走，他又遇到了一匹狼。狼问他：“你这是去哪里呀，‘半只鸡’？”

“我要去见国王，他欠我一袋小麦！”

“请让我跟你一起去吧！”

阅读与写作

这句话在文中一连出现了三次，表现了“半只鸡”为了争取自己的利益一往无前的决心。

"没问题，那你跳到我的包袱里来吧，勇敢的狼！"

于是，"半只鸡"背着一个包袱，包袱里装着一只狐狸、一条小河、一匹狼，他们一起出发去见国王。

终于，"半只鸡"来到了皇宫，他要求见国王。但是守卫们并不让他进去，他们从上到下打量"半只鸡"，发现他身材矮小，浑身是鸡毛，看上去十分窘迫，于是对"半只鸡"说明脏兮兮的人是不被允许见国王的。

"我走了好远的路，你们至少得让我见见国王的侍从吧！他拿走了我的鸡还没有支付报酬。""半只鸡"并没有因为守卫们的嘲笑而退缩。

侍从当然认识"半只鸡"，他看到"半只鸡"的一刹那愣住了，他万万没想到"半只鸡"会主动找上门来，接着他以一种粗暴的口吻问道："你来皇宫干什么？就你这种乡下人，还敢说要见国王？"

"半只鸡"理直气壮地回答："国王欠我一袋小麦，我是来讨要的！"

但是，侍从并没有跟“半只鸡”再说什么，而是抓住“半只鸡”，把他扔进了家禽窝。侍从指挥家禽，让它们咬“半只鸡”。

母鸡、公鸡、火鸡、鸭子和鹅纷纷扑向“半只鸡”，有啄他的，有咬他的，还有飞到他头顶的。

“半只鸡”躲避着大叫：“救命，救命啊！我的好朋友，快来救救我呀！”

这时，狐狸从包袱里跳了出来，吃掉了所有的家禽。“半只鸡”向狐狸道过谢后，赶紧逃出家禽窝，背着包袱继续向皇宫里走，他来到了宫殿。侍从吃惊地跑出来：“你怎么又来了？给你的教训还不够吗？”

侍从拽起“半只鸡”的衣领，把他扔进了牲口圈。“麻烦都解决了！”侍从擦擦额头说。

绵羊、山羊、耕牛和奶牛纷纷扑向“半只鸡”，有用角顶他的，有用蹄子蹬他的，还有用巨大身躯挤压他的。

“半只鸡”忍不住了，开始大叫起来：“救命，救命啊！我的好朋友，快来救救我呀！”

很快，包袱里的狼跳了出来，吞下了所有的牲口。“半只鸡”逃出了牲口圈，跟狼道谢后，继续向皇宫里走。他刚进入国王的寝宫，又遇到了侍从。侍从看着他就大吼：“你又来干什么？”

不等“半只鸡”回答，侍从就把他挂在了木柴上，准备烧死他。火焰升腾，浓烟环绕。

“半只鸡”被烟熏火烤的，感觉呼吸有些困难，就大声叫：“救命，救命啊！我的好朋友，我快要被烧死了！”

话音刚落，小河从包袱里跳了出来，浇灭了火焰。“半只鸡”跟小河道谢，可小河并没有停下。水越来越多，汹涌的河水翻滚着，将那个可恶的侍从冲进了大海，他永远消失在了海水中。

“半只鸡”凭借自己坚定的意志和同伴们的帮助，终于见到了国王，并向国王讲述了事情的经过。国王听后立刻给了他一袋小麦，用来补偿被侍从偷吃掉的那袋。

阅读与感悟

“半只鸡”看似弱小，却不向权势屈服，勇敢地争取自己的利益，最后在朋友的帮助下，战胜了国王的侍从，拿到了应得的一袋小麦。“半只鸡”的勇气值得我们学习。

圣·尼古拉斯的传说

每年的12月6日，是荷兰的圣·尼古拉斯日，这是绝大多数荷兰人心中最重要的节日，也是荷兰最有特色的节日。在这一天，一位穿红袍、骑白马的老爷爷会和他的助手一起，为人们赠送糖果和各式各样的礼物。这位老爷爷被人们亲切地称为圣·尼古拉斯。

据传说，尼古拉斯拥有数不尽的财富，但他从不傲慢吝啬，反而乐善好施，所以受到人们的追捧和爱戴。他喜欢骑着自己俊美的白马在城里漫游，他的助手皮尔特则跟在身边，将橘子、糖果和玩具赠送给沿途遇到的孩子。尼古拉斯还会尽自己所能去照顾生病的穷苦百姓，为贫穷、孤独的人带去一缕缕温暖。

有一天，一位归国的旅行者绘声绘色地向他描述起一个名叫荷兰的国度:“那里的城市满是水路，人们会乘着木船在城市间漫游。房子有阶梯状的屋顶，田野有巨大的风车，港口里点缀着乳白的船帆……每天傍晚，夕阳为城市镀上一层柔美的金边，孩子们穿着木鞋沿街跑过，笑声像花儿一样开了满满一路!”

尼古拉斯被旅行者的描绘深深吸引，对这个陌生而美丽的国度产生了无尽的向往。他说:“我从没有见过如此动人的世界，我得亲自去这个叫荷兰的国度看看。皮尔特，我们即刻收拾行李乘船出发！”

尼古拉斯打点了十几箱财宝、橘子、玩具和糖果，还不忘记带上自己的白马。在港口，他们挥别前来送行的人群，追赶着夕阳投入大海的裙带，欢快地起航了。

时值冬季，有一天，海上突然刮起了狂风，风起浪高，他们的船在海浪中剧烈地起伏，连桅杆都被狂风拍打得倾斜了起来。

“我们完蛋了！”水手们哭喊着，尼古拉斯却异常沉着冷静：“大家不要害怕，不要放弃，掌握好方向，风浪永远打不倒无畏的勇士！”

尼古拉斯亲自帮助水手掌舵，指挥大家抢救桅杆、稳住船身，直到海面逐渐恢复了平静。他的勇敢与冷静，一时之间成为水手中的美谈。

12 月 5 日，他们终于安全抵达荷兰阿姆斯特丹的码头，这个美丽的国度向尼古拉斯敞开了自己的怀抱。

他一上岸，人们就围拢过来，因为那匹白马实在太俊美了，而白马上的人，穿着气派的红色长袍，正和蔼地对每一个人微笑致意。他们从未见过如此有涵养、有气度的人。

尼古拉斯骑着白马游览这片陌生的土地，这里真像旅行者所说的那样，美如人间天堂。他一边欣赏着这里的美景，一边感叹道："多么美丽的国家呀，我以后还会再来的。"

在城市中心广场，尼古拉斯停了下来，他将自己从家乡带来的礼物分发给一拥而上的孩子们。孩子们在他的身边吵嚷着，欢笑着，举着手里的糖果与玩具蹦蹦跳跳，尼古拉斯为自己能给他们带来欢乐而倍感欣慰。

孩子们非常喜欢尼古拉斯和他的助手，像一群小尾巴一样跟在他们背后，直到这一天结束，暮色笼罩了街巷，每个人的衣兜里都装满了礼物，这才依依不舍地逐渐散去。

当尼古拉斯和皮尔特在夜晚寂静的街道漫步时，他们听到一座漂亮的房子里传来一丝哭泣的声音，那声音像游丝一般若隐若现，充满了悲伤。他立刻下马，走到窗边向里窥探："这里有一对姐妹，可屋子里空空的，没有一件家具。真可怜哪，她们的眼睛都哭红了，让我听听她们在说些什么！"

只听妹妹哽咽着说："我们该去哪里？我们该怎么办？父亲给我们留下的钱都不见了，我们也卖光了所有的家具，明天就必须从自己的家里离开，可是我们能去哪儿呢？"姐姐抚摸着妹妹的额头，轻声安慰她说："别难过了，妹妹，我一定会有办法

阅读与写作

此处运用了语言描写，通过姐妹二人的对话表明她们此时面临着困难，也为下文尼古拉斯帮助她们埋下伏笔。

的。”说完，她却默默低下了头。

“没想到在这样美丽的国度，也有受苦的人。”尼古拉斯感叹着，默默走了。

直到夜深，姐妹俩在地板上睡着了，尼古拉斯才折返，悄悄将一大袋金币从窗口放入了屋子。姐妹俩第二天醒来发现后，一定会很高兴吧。

回住所的路上，尼古拉斯经过一间低矮的小屋，在月光下，他看到小屋的墙裂开了，有好多条裂缝，门前摆着的鞋子也布满了破洞，他知道这间小屋里的人生活一定异常艰难。他想为他们做点儿什么，但是他不能把钱从窗户放进去，因为小屋没有窗户，门也紧闭着。

尼古拉斯为难地说道：“我该怎么把钱给他们留下呢？”

皮尔特指着倾斜的茅草屋顶，说：“要不我爬到屋顶上，从烟囱把金币扔进去，怎么样？”

皮尔特说完，小心翼翼地爬到屋顶，沿着烟囱扔下一把金币，不偏不倚，这些金币恰好掉进了火炉旁已经烘干的两只长筒袜里。

第二天早上，当小屋里的人在长筒袜里发现金币时，他们都不敢相信自己的眼睛。“这些金币到底是谁给的呢？”他们兴奋得都要哭出来了。

有位邻居昨天晚上看到了皮尔特爬上屋顶，就告诉小屋里的人，是尼古拉斯赠送的金币。他们连忙感激道：“尼古拉斯真是个大好人，但愿他平安顺遂，健康长寿！”

这个清晨，阿姆斯特丹的人们陆陆续续发现了尼古拉斯为他们留下的礼物。

这些事情很快就传开了，但此时，尼古拉斯已经来到码头，登上了回家的船。

第二年12月5日的晚上，尼古拉斯又回来了，因为他很热爱这个美丽的国度，他也很乐意为这个国度那些贫苦受难的人民带去自己力所能及的帮助！

以后每年12月5日的晚上，他都会带着礼物来到荷兰。荷兰人都盼望着他的来访，尤其是那里的孩子们。他们会将自己的木鞋放在烟囱下面的火炉旁，在里面放上送给白马的胡萝卜和甜干草，静静期待着尼古拉斯的礼物能顺着烟囱落入自己的鞋中。

尼古拉斯去世后，人们为了纪念他的乐善好施与慷慨仁爱，称他为圣·尼古拉斯，他还成了水手和阿姆斯特丹的守护神。

阅读与感悟

故事里的尼古拉斯虽然家财万贯，却从不恃强凌弱，反而宅心仁厚，乐善好施，关爱穷苦的人们，为每一个需要帮助的人送上温暖。同样重要的是，面对风浪他也毫无畏惧，勇敢沉着，而这样英勇仁爱的人，还有一颗珍贵的童心！我们也要学习尼古拉斯，成为有气质、有风度、有一颗善良的内心的人哟！

变成石头的人

从前有个国王，他和王后生活得很幸福，美中不足的是他们一直盼望有个孩子，但一直没有孩子。

这天，一个厚嘴唇的女巫来拜见国王，说："愿圣明的国王长寿！听说王后期盼孕育一个孩子，我特地带来一棵仙草，把这棵仙草做成仙草汁，让王后喝下去，王后马上就会怀孕。"

国王接过女巫献来的仙草，赏给她许多珠宝和一件华丽夺目的衣裳。然后，国王把仙草交给厨娘，命她去做。厨娘不晓得这种草的功效，所以做好后，自己先尝了一口，才端去给王后喝。没过多久，王后和厨娘双双怀孕，两人都生了男孩，两个男孩都长得眉清目秀、仪表堂堂。

王后给儿子取名叫丹封，厨娘给儿子取名叫阿丰。两个孩子一起长大，并结为兄弟。

有一次，国王出兵打仗，临走时交给儿子丹封一串钥匙，叮嘱道："孩子，钥匙全交给你了。所有的房间你都可以进去，唯有要用金钥匙开的那间你不能打开，否则必将招来灾祸。"

国王出城以后，丹封王子开了许多房间，看到数不清的珍珠玛瑙和许多令人眼花缭乱的华丽服装。

最后，他走近那间要用金钥匙开的房间，在门前站了一会儿，回想着父王的叮咛。但是，他的好奇心占了上风，最终，他用金钥匙打开了那扇门。只见屋子里面有一架千里镜，丹封王子通过千里镜看到千里之外有一座金碧辉煌的黄金宫，宫中端坐着一位公主，她就像花园里的一朵奇花吸引了丹封王子。

丹封王子久久地凝视着公主，很晚才恋恋不舍地退出房间。

没过多久，国王得胜回来，却不见王子出宫迎接。王后说："王子病得很重。"

国王立刻就猜到了王子得病的原因，急忙召来各地的医生。医生们众口一词，都说："若要王子恢复健康，唯一的办法是让王子和那位公主成亲。"

国王没有办法，就让丹封王子带上义弟阿丰一起去寻找黄金宫中的公主——姬拉莉娜。

这天风和日丽，兄弟俩一同上路了。走了一程又一程，翻过了一座又一座大山，他们来到暴风雪的母亲的家门口。

他们一敲门，一位皱纹满面的老婆婆就闻声走了出来，问他们有什么事。他们请求借宿一夜，并且向她打听，到姬拉莉娜公主所在的黄金宫该怎么走。

老婆婆慈祥地说："我很高兴收留你们，但只怕我的儿子要回来了，他是暴风雪，会使你们冻僵，把你们变成冰块的。你们最好还是到暴风雨的母亲那儿去。"

丹封王子和义弟阿丰走了很久，跨过了一条河，来到暴风雨的母亲的家。可是，他们不得不离开那儿，因为暴风雨也渴望娶姬拉莉娜公主为妻，他的母亲不愿意收留他们。

最后，他们来到了一片森林，遇到了春风的母亲。她面容俊秀，体态轻盈，一见王子就说：“好小伙子，我知道你为什么来。待在我这里好了，不过我一定要把你们藏得严严实实，否则我儿子发现了，会伤害你们的。”

说完这话，她拍了三下手掌，立刻有一只长着红宝石嘴、绿宝石眼的黄金鸟，扑扇着翅膀，从炉子背后飞出来，把两个小伙子藏在翅膀底下，重新躲到了炉子背后。

不一会儿，门口处传来轻微的风声，门自动开了，进来的是春风。他有着金灿灿的长发，银闪闪的双翅。他手握木杖，木杖上缀满鲜花嫩草。

春风进门就喊：“好妈妈，我闻到了生人的气味。”

“这是你的错觉，”母亲回答，“生人上我们家来干什么呀？”春风不作声了，在桌边坐下。他喝了一大碗鲜羊奶，又从大理石罐子里大口大口地喝堇菜汤。

母亲见他兴致勃勃，乘机问道：“好孩子，告诉我：姬拉莉娜居住着的黄金宫在哪里？想娶她做妻子的人该怎么办？”

春风答道：“好妈妈，姬拉莉娜所在的王国离这儿很远，有十年的路程。不过，有一条焦油河，那里乱石飞溅，烈焰冲天，河旁是座黑树林，只要走进这林子，就能把十年的路程缩短为顷刻之间。因为黑树林里有个奇异的树墩，只要跨上去敲它三下，便能飞越河面。如果有人听说了这个方法后告诉了别人，就让他膝盖以下变成石头吧。

“到了姬拉莉娜所在的王国以后，还得敲三下树墩，让它变成能唱歌的黄金鹿，藏身在这鹿的肚子里，才能潜入姬拉莉娜的房间，赢得她的欢心。如果有人听说了这个方法后告诉了别人，就让他腰以下变成石头吧。

“等到姬拉莉娜成亲以后，暴风雨的母亲出于嫉妒，将会暗中派出一个卖衬衫的商人去找她。这种衬衫是用比蛛丝更细的线做成的，特别光洁，艳丽无比，姬拉莉娜买下衬衫，穿到身上，就会得病死去，只有洒几滴雉鸠的泪水，才能起死回生。如果有人听说了这个方法后告诉了别人，就会全身变成石头。”

语文与自然

雉鸠是一种强健善走的鸟，嘴黑色，眼黄色，头顶灰色，颈和胸呈淡紫红色，腹白色，翅褐色有黑斑。雉鸠分布于太平洋诸岛屿。

春风把三个秘密告诉了母亲。当他说这番话的时候，丹封王子正在酣睡，他的义弟阿丰却听得清清楚楚。

第二天天一亮，春风就出门去了。

丹封王子从黄金鸟的翅膀下爬出来，赶紧问春风的母亲有没有从儿子那里打听到什么。春风的母亲生怕自己变成石头，便一口咬定什么也没打听到。

王子和义弟阿丰重新出发。走了一程又一程，不知赶了多少路，到这天傍晚，他们听见轰隆轰隆的巨响，看到一条宽阔的大河，河里翻滚着燃烧的焦油，乱石飞溅，烈焰冲天。

王子大吃一惊，阿丰却对他说：“没什么可怕的，跟我进树林，我怎样，你也怎样。”

他们走进焦油河旁的黑树林深处，发现了一个奇异的树墩。王子跟着阿丰跨上去。阿丰连敲三下，树墩就变成一辆轿式马车，十二匹红鬃马拉着他们，转眼之间就越过了焦油河，径直朝姬拉莉娜公主的宫门前降落下去。

一到地面，马车又立刻变为树墩。他们两个看到姬拉莉娜公主坐在窗前，一身衣裙金光闪烁，还镶嵌着珍珠。

姬拉莉娜看到王子后对他一见钟情，相思成病，卧床不起。可怜的国王为了救女儿，想尽办法，谁知却毫无用处。最后，有个年老的女巫医跑来说："圣明的国王啊，您要是想让姬拉莉娜公主恢复健康，就必须寻找一头能唱歌的黄金鹿，放进公主的房间。三天三夜以后，您瞧吧，公主的病准好啦。"

国王立刻派人四处寻找会唱歌的黄金鹿。阿丰在奇异的树墩上连敲三下，树墩就变成了一头美丽的黄金鹿。阿丰让王子躲进鹿的肚子，把鹿放到王宫门前，那鹿就唱起歌来。

国王听见歌声，走出宫门，问阿丰卖不卖鹿。

阿丰神气地回答："卖是不卖，不过可以临时出租。"

"好！我只租三天，你要多少钱？"

"给我一千金币吧。"

黄金鹿到了姬拉莉娜公主面前，张口就啼唱。姬拉莉娜公主听着歌声睡了过去，丹封王子便从鹿的肚子里走出来，陪了公主一会儿，又重新躲了起来。

第二天，公主告诉身旁的婢女们，说她昨晚梦见一位年轻人在自己跟前。一个最伶俐的婢女给公主出主意，要她装睡，捉住那个年轻人。

天一黑，黄金鹿又唱起歌来。姬拉莉娜开始装睡，等到丹封王子过来的时候，她十分激动，他们似乎有说不完的话，直到天明。

临近中午，国王带着阿丰来取黄金鹿。姬拉莉娜公主哭了，怎么也舍不得和黄金鹿分开。阿丰压低声音对她说："求你的父王，让他答应你送黄金鹿出城门，我就能带你到达你心上人的王宫。"

姬拉莉娜公主获得父王的准许，在服饰华丽的侍从们的簇拥下，送黄金鹿出城。

来到城外，阿丰在黄金鹿的肚子上敲了三下，顿时，黄金鹿变成了一辆由十二匹红鬃马拉着的轿式马车。阿丰一手拉住姬拉莉娜公主，一手拉住丹封王子，一跃而上，跳进了马车。他们腾空而起，转眼间，侍从们就看不见他们了。

他们日夜赶路，终于回到了丹封王子的王宫。国王得到王子归来的喜讯，带着大批兵马来迎接。

他让王子和姬拉莉娜公主完婚，按照王室的传统举行婚礼，喜酒喝了三天三夜。

后来，丹封王子继承了王位。

这天，姬拉莉娜王后在王宫里靠窗坐着，忽然看见外面大路上有个卖衬衫的商人走来。姬拉莉娜王后叫他进宫，买了件用比蛛丝更细的线做成的衬衫，随即穿到了自己身上。哪知不多会儿，她就奄奄一息了。

阿丰得知王后生病，就在半夜里摸进王后躺着的房间，在她脸上洒了几滴雉鸠的泪水。谁知守卫却去向丹封国王报告，说阿丰偷吻了王后。

丹封国王听了，怒不可遏，下令处死阿丰。阿丰说："圣明的国王，看在我们出生入死的兄弟情分

上，恳求你答应我一件事。请召集全国德高望重的王公大臣们，我得当着他们的面，讲出重要的话，然后你再处死我也不迟。”

国王答应了。于是，王公大臣和病愈的王后都来了。

阿丰站在宫廷中间，慷慨激昂地说起了从前的事：“从前有位王子，爱上了遥远国家里的一位公主。如果得不到公主，他简直活不下去。所以他带着义弟动身去找公主。两人风餐露宿，跋山涉水。春风的母亲留他们过夜，还答应问问儿子寻找公主的方法。春风告诉母亲三个秘密，只要按照他说的方法去做，就可以把十年的路程缩短为顷刻之间，但春风同时发出了诅咒：谁把这三个秘密泄露出去，

就让谁变成石头。

“第二天，春风的母亲生怕自己变成石头，一口咬定什么也没有打听到。可那天夜里，王子的义弟没有睡着，他听得一清二楚。为了使十年路程缩短到顷刻之间，他按照第一个方法，带着王子走进黑树林，坐在奇异的树墩上，飞越了焦油河……”

阿丰讲到这里，他的膝盖以下变成了石头。王公大臣大惊失色，阿丰却只管往下讲：“他们来到公主的王宫门前，义弟在树墩上连敲三下，让树墩变成黄金鹿，王子藏进鹿的肚子里。按照第二个方法，义弟成功让王子和公主相见了，王子也赢得了公主的欢心。”

阿丰讲到这里，他的腰以下变成了石头。丹封国王和姬拉莉娜王后失声哭泣，央求他别再讲下去。

然而，阿丰继续讲道：“王子娶了公主，并且继承了王位。不久，王后买了件漂亮的衬衫，穿上后就得了重病。义弟知道这是暴风雨的母亲施展妖法，才使王后生病的。因此，他按第三个方法，半夜潜入卧室，见王后睡着，就在她脸上洒了几滴雉鸠的泪水，这样，王后终于死里逃生了。”

阿丰刚讲完这些话，全身都变成了石头。丹封国王和王后哭了三天三夜，把恩人变成的石像安放在宫殿中央，留作永久的纪念。

几年以后，丹封国王跟王后生了一个小王子，小王子非常可爱，国王和王后非常喜欢他。

有一天，国王做了一个梦，梦里有位白衣仙女告诉他，想要救活变成石头的阿丰，唯有从小王子额上取下一滴血滴在石头上。

国王与王后非常心疼小王子，但是他们还是从小王子额上取下了一滴血，并滴在了石头上。一刹那，石头活动了起来，阿丰又活过来了。国王将这件事告诉了阿丰，阿丰一听，感动得哭了起来。

阿丰前来看望痛得哇哇大哭的小王子，将自己的一滴眼泪滴在了小王子的伤口上，小王子一下子就不疼了，也不哭了，而且小王子的伤口顷刻间变成了一朵小小的泪花，正好生长在小王子的眉心，非常好看，人们都说那是一颗福痣。

后来，小王子长大了，他继承了王位，阿丰做了辅政大臣，君臣同心同德，把王国治理得非常好，王国的百姓也幸福快乐地生活着。

阅读与感悟

故事里的阿丰忠诚、善良、勇敢，他不畏艰难，拼尽全力帮丹封王子达成心愿。他一直谨守秘密，在遭到丹封的误会后，才将秘密勇敢地说出来，哪怕自己会变成石头。阿丰对丹封的忠诚和情谊令人感动。人与人的感情是珍贵的，我们一定要珍惜朋友间真挚的情感，做重情重义的人。

扫码学习

- AI故事小精灵
- 动画广播站
- 阅读百宝箱
- 灵感魔法屋

国王的金手指

在很久很久以前，有一个富有的国王叫迈达斯。他有一座金碧辉煌的宫殿，有一批忠心耿耿的大臣，还有一群勇猛强悍的卫兵。不过，他最喜爱的还是他乖巧可爱的小女儿金玛丽和黄澄澄的金子。

有一天，迈达斯国王在河边散步，恰巧看见有人失足落水了，国王命令自己的侍卫将那人救了上来。

那人醒来之后十分感激国王的救命之恩，于是对国王说："谢谢你，尊敬的迈达斯国王。我来自精灵一族，为了报答你，我将会实现你的一个愿望，无论什么愿望，我都会满足你！"

"任何愿望？"迈达斯国王不敢相信地问道，"我最喜爱的人是金玛丽，我最喜爱的东西是金子。金玛丽是我的小女儿，如果我还想要什么，那当然是金子啦，金子是越多越好哇！亲爱的精灵，我多么希望我碰到的所有东西都能变成金子，请你实现我的这个愿望吧！"

精灵听完后，微笑着说道："尊敬的迈达斯国王，现在请看看你的衣服吧！"

国王低头一看，他的衣服竟然因为碰到手指而变成了金衣服。

“天哪，太神奇了！”国王惊叹道。

国王着急地跨上马背，迫不及待地想要回到王宫里，让所有人都知道这个好消息。他高兴极了，竟然忘了他的手指碰到的所有东西都会变成金子。当国王看到变成金子的马，他竟然有点儿伤心了，他说道：“不，这真是糟糕透了！”

不过，国王很快就不再悲伤了。“有了金手指，我想买多少匹马都没有问题！”他从变成金子的马背上跳了下来，开心地奔向王宫。

迈达斯国王来到宫殿门口的时候，守门的侍卫纷纷鞠躬行礼，恭迎他回宫。国王用手指碰了碰侍卫们的长矛，长矛马上变成了金子。看着侍卫们大吃一惊的表情，国王得意地笑了。

国王一边走，一边用手指触碰他看到的所有东西：宽阔的大门、

娇艳的花朵、坚实的门窗……正如他希望的那样，他手指碰到的所有东西都变成了闪闪发光的金子。

正在此时，国王感到一阵饥饿，他来到金灿灿的餐桌前面，拿起了金光闪闪的叉子，他的手指碰到了一盘鱼，结果国王眼睁睁地看着肥美可口的鱼肉变成了黄澄澄的金子。他开始感受到了一点儿苦恼。金子虽然是他的最爱，但是也不能用来填饱肚子呀！

阅读与写作

此处运用了排比的修辞手法。国王的手指碰到的汤匙、碗、红酒杯等都变成了金子，说明国王的愿望虽然实现了，但也给他的生活带来了困扰。

国王又不死心地去触碰餐桌上的其他东西。他拿起汤匙，汤匙就变成了金子；他拿起碗，碗也变成了金子；他端起红酒杯，酒杯立刻变成了金子，就连里面的红酒也一下子变成了金子！

国王触碰到的所有东西都会变成金子，他起初的兴奋已经消失，取而代之的是恐惧。他现在害怕极了："怎么会这样？天哪，太可怕了，再这样下去，我会饿死渴死的！"

接下来，更糟糕的事情发生了。小女儿金玛丽看见亲爱的爸爸站在餐桌前面，就蹑手蹑脚地走了进来想要给他一个惊喜。调皮可爱的金玛丽从后面蒙住了爸爸的眼睛，兴奋地喊道："爸爸……"

但是，金玛丽话还没有说完，她就因为国王的手指碰到了她而变成了不会说话、不会微笑、不会动的金子了。

国王别提有多伤心了，尽管金子对他来说很重要，但金玛丽才是他独一无二的宝贝呀！

国王迅速跑出宫殿，奔向河边，乞求道："神奇的精灵啊，我再也不要金手指了，求求你，快收回我的愿望，救救我可爱的小女儿金玛丽吧！”

精灵听到国王的请求后现身了，国王连忙向他忏悔说：“我简直太傻了，生命中有很多东西比金子重要得多，尤其是我的小女儿……”

精灵听了国王的忏悔后笑了笑，说：“请再看看你的衣服吧！”

国王低下头，发现金衣服又变回了之前的样子，他的金手指失效了！

国王骑上侍卫牵来的马，迅速回到王宫。他看见变成金子的大门恢复了原样，变成金子的花朵重新生动了起来，王宫里的一切都恢复了原来的样子，尤其是他亲爱的小女儿。

“爸爸！”小公主甜甜地笑着跑过来拥抱他，好像什么事情都没有发生过。他欢呼着把女儿抱起来，举过头顶，兴奋地转起圈来，再多的黄金也比不上心爱的女儿！

从此以后，国王开始讨厌金子了，哪怕只是金灿灿的东西，他也不喜欢，当然，除了女儿金玛丽那头金灿灿的美丽秀发。

阅读与感悟

国王喜欢金子，但他最喜欢的是他千金不换的女儿。金子固然很重要，但人生中有许多东西比金子更重要，比如亲情，那是我们最不可或缺的心灵寄托。

国王和编筐人

从前有一个国王，他的大臣在他面前只报喜不报忧，只谈国富民强。国王感到很担忧，他不敢相信整个国家没有一点儿让百姓和大臣烦恼的事情，于是他决定亲自到民间看一看。

这一天傍晚，国王扮成一个平民外出巡察，刚走进一条小巷，便听到了一阵竖琴声，音律和谐，声音优美，他不由自主地循着琴声来到了一户人家门前。

“您的琴声真动听啊！”国王敲了敲门，得到回应之后大步走了进去。

“谢谢。”弹琴的人停了下来，站起身迎接这位陌生的客人，又拿出食物和麦芽酒邀请国王一起享用。两个人一边吃东西一边聊天，一开始国王还在赞美主人琴技娴熟，后来就开始询问主人工作和生活的状态。

两个人相谈甚欢，直到主人回答：“我以编筐为生，一天编一个筐，既得利息又还债，养活九口人。”国王听了之后感到不可思议：一个筐只值五十几个钱币，他是怎么做到的呢？

国王一脸疑惑地问道：“一个筐怎么可能赚那么多钱？你不是在

骗我吧？”

编筐人笑了笑，为迷惑不已的国王解了惑。他指着正在地上嬉戏的五个孩子说道：“这就是我的利息，我现在养活他们，等将来我不能自理的时候，他们就照顾我。”

接着他又将国王带到另一个房间，指着床上的两个老人说：“你看，这就是我的债主。父母曾经将我养大，现在他们没办法养活自己了，必须依靠我。”

然后他又解释道：“我的父母，五个孩子，再加上我和妻子，不就是九口人吗？”

国王听后恍然大悟，他将编筐人叫到自己身边，悄悄地表明了自己的身份。

看见编筐人瞬间变得尊敬的神情之后，他严肃地叮嘱道：“我今天是悄悄来的，为的就是能更好地体察民情，你一定不要让旁人知道我来过，最重要的是只有当着我的面，你才能解释刚才那句话。不然，小心你的脑袋！”

“尊敬的国王陛下，我会牢牢记住您的吩咐的，祝您长寿！”编筐人恭敬地说。

国王回到王宫的第二天就召集了十二个大臣，迫不及待地考他们，他说：“一个人一天编一个筐，他是怎么做到既得利又还债，还能养活九口人的呢？我给你们三天时间，谁先答对了这个问题，谁就会被封为宰相。”

十二个大臣听了之后摩拳擦掌，跃跃欲试。但不久之后他们就抓耳挠

阅读与写作

“抓耳挠腮”这个词生动形象地写出了大臣们因回答不出问题而着急的样子。大臣们滑稽的形象跃然纸上，让人忍俊不禁。

腮，百思不得其解。

后来他们打听到国王昨晚悄悄出去过，猜测国王是从百姓的口中听到的。于是，十二个大臣发动自己的全部力量，终于找到了编筐人。

他们询问编筐人国王是否来过这里，得到肯定回答之后就问出了那个问题："一天编一个筐，既吃利又还债，养活九口人是什么意思？"

编筐人一脸为难地回答："国王特意叮嘱过我，只有当着他的面才可以解释这句话，不然是要杀头的。"大臣们拿出十个钱币开始利诱，编筐人不肯答应。

大臣们心急火燎，从十个钱币涨到一百个钱币，最后大臣们拿出了一千个钱币。编筐人终于坚持不住了，他想："有了这些钱，全家人就不用再过苦日子了，即使被杀头，我也愿意。"

于是编筐人收下了钱，详细地为大臣们解释了那句话，大臣们兴奋不已，迫不及待地来到国王面前回答问题。国王一听就知道是编筐人告诉他们的。

他十分愤怒地命令侍卫将编筐人带到王宫，气哼哼地质问："我不是和你说过，只有当着我的面，你才能解释那句话吗？既然你这么不守信用，那我要像之前说的那样，砍了你的头！"

编筐人慢悠悠地说："尊敬的陛下，我谨记您的嘱咐，绝对不敢失信于您，但是那句话的意思我真的是当着您的面说的，而且我当着您的面不止说了一次，是当着您的面说了一千次。"

编筐人把印着国王头像的钱币拿出来，接着说道："您瞧，这不是您吗？我就是当着您的面说的，一次，两次……我整整见了您一千次呢。"

国王听后哈哈大笑，他十分欣赏编筐人的机智，免去了他的死刑。

阅读与感悟

故事里的编筐人对生活有很深刻的认识，才能巧妙处理各种棘手的问题。面对国王的质问，编筐人充分发挥自己的聪明才智，不仅得到了一千个钱币，还让国王对他十分赞赏。由此可见，一个人遇到事情应灵活思考，随机应变。生活即课堂，他人即老师。但是，编筐人面对高额利益的诱惑没能坚守自己的承诺，这样的做法是不可取的。

金国之鸟

在很久以前，艾仑岛上有一个国王，他非常喜欢听一只小鸟的啼叫，这只小鸟长着美丽的羽毛，常常飞到国王的城堡里，啼唱婉转动听的曲调。国王每次听见这只小鸟鸣叫之后都心情愉悦，烦恼一扫而空，于是他称这只鸟为“金国之鸟”。

国王有三个儿子，已经到了成婚的年龄。这一天，三个王子来到了国王面前，请国王为他们赐婚。

国王并没有立刻答应，因为结婚就意味着成家，成家就意味着分财产，而任何财产都没有王冠贵重。“那样的话，三个儿子必将因为王冠而争吵。”他痛苦地想。

国王冥思苦想了一夜，总算想出了一个解决办法。第二天一早，他对三个儿子说：“我最喜欢听金国之鸟的啼叫，你们谁能把这只鸟呈给我，王冠就属于谁。”三个王子听后都决定出发去寻找金国之鸟。

他们走了整整一天，天将黑的时候遇到一个慈眉善目的白胡子老人。老人留他们在自己的茅草屋里过夜，并告诉他们：“找到金国之鸟并不容易，不过我可以帮助你们，只要你们按我说的去做……”

于是第二天清晨，他们按照老人的指示，大王子拿上大铁锤，二王子拿上篮子，三王子拿上绳子，三个人在老人的陪同下去寻找金国之鸟。

不久，他们就来到了一块巨大的石头前面，大王子用大铁锤砸碎了石头，看见了藏在下面的洞。“这是找到金国之鸟的必经之路。”老人说，“不过你们要坐在篮子里用绳子送下去，运气不好的话，就会撞上石头，再也回不来啦！”

大王子和二王子都鼓起勇气尝试了几次，但是篮子太晃，时不时就撞上石头，他们害怕极了，没有到洞底就回到了地面。三王子也决定试一试，他也遇到了洞里凹凸不平的石壁，不过他沉着冷静，努力让身体保持着平衡，就这样一直向下，直到洞底。

到了洞底，三王子走出篮子，走了一段路。四周景色美丽极了，青山绿树，鲜花团簇，芳香扑鼻，三王子一路又惊又喜。不久，一座雄伟的城堡映入眼帘，一个年轻女子为他打开城门。

三王子向这个女子询问去金国的路要怎么走，女子告诉他：“去金国的路你要走七年，回来再走七年，不过，我这里有一匹好马，只需要一天就能往返，你去马厩里牵马吧！”女子说完就离开了。

三王子找到马厩，这里的马真多呀，三王子选了一匹适合自己的小雌马，一骑上马背，雌马就带着他风驰电掣一般奔驰而去。他们越过了波涛汹涌的大海，终于看见了金国的城堡。

三王子来拜见金国的国王，这是个很爱捉弄人的国王，他不客气地说：“我知道你是来找金国之鸟的，你要靠机智来赢得这只鸟。明天日出的时候，我会藏起来，你要找到我，不然，你就等着掉脑袋吧！”

忐忑不安的三王子告诉了雌马发生的一切。“别怕，我会帮助你的。”雌马说。

第二天一早，雌马轻轻踢醒了王子，然后说：“到御花园去，御花园的尽头有一棵苹果树，上面有一个红通通的苹果，你把它切成两半就能找到国王了。”

于是三王子沿着御花园一直走，真的找到了这个苹果。“我从来没有见过这么鲜红的苹果，我要把它带回家去。”三王子说。

“嘿，你不能这么做，那是我父王的苹果。”公主看到后警告三王子。

“好吧，既然这样，那我只要一半好了。”三王子抽出刀，一下子把苹果切成了两半。国王从里面跳了出来。“我找到你了，尊敬的陛下。”三王子开心地说。

国王十分不高兴，于是他又藏起来让三王子找他。这一次三王子在雌马的指导下，将饰针一切两半，找到了国王。第三次，三王子又在鸭蛋里找到了国王。国王终于认输了。

但是他还是不愿意把金国之鸟交给三王子，于是他让三王子藏起来，自己去寻找。第一次，雌马把三王子变成了一只跳蚤，国王没有找到；第二次，雌马把三王子变成了一只蜜蜂，国王又没有找到；第三次，雌马把三王子变成了自己的一根眼毛，国王当然也没有找到。他愤怒到了极点。

阅读与写作

此处运用了排比的修辞手法，说明国王三次都没有找到三王子，这为下文雌马帮助三王子取走鸟笼埋下了伏笔。

雌马把三王子变回了原来的模样，告诉他说：“国王现在一定很生气，你只有一个办法能带走金国之鸟了。你一会儿见了他，一定要想尽办法让他高兴起来。国王一旦高兴了，就会陷入沉睡，他身边的大臣、宫女们也都会陷入沉睡，然后你趁机取走鸟笼，咱们马上回去。”

国王召见三王子，本打算治他的罪，但三王子希望国王听完他的故事再惩罚他。于是他找准机会给国王讲起了有趣的故事，将国王逗得捧腹大笑，笑着笑着，国王和大臣、宫女们就真的睡着了。

趁他们沉睡的时候，三王子抓起鸟笼就跑，结果金鸟受了惊，发出了尖厉的叫声，把宫内的人都惊醒了。

幸好，三王子的雌马跑得快。他们一路疾驰，根本不敢停下，终于把追逐他们的军队甩在了后面。三王子逃出城堡后，又看见了借马给他的那个女子，她似乎一直在等他。

“你知道这只金国之鸟是谁吗？”她问王子。

“不知道。”王子说。

“她是三花冠公主，雌马是双花冠公主，而我是单花冠公主。我手里的法杖，能够让她们恢复成人。将来我会嫁给你的大哥，双花冠公主会嫁给你的二哥，而你则迎娶三花冠公主。”

“太好了，我愿意。”王子回答。

于是单花冠公主拿起法杖对着金国之鸟和雌马一点，她们一下子就变成了公主。

他们四个人回到洞底，打算坐着篮子爬上去。双花冠公主和单花冠公主平平安安地上去了，大王子和二王子见到两位公主后兴奋极了，不过他们也起了邪恶的想法。当篮子再升上来的时候，大王子和二王子竟然将绳子割断了，幸好三花冠公主让三王子放上去的是块石头。

大王子和二王子高高兴兴地回家了，可是只有拥有金国之鸟的人才可以拥有王冠，于是他们把法杖拿过来，将双花冠公主变成了一只小鸟。

他们回到宫殿，告诉国王三王子被石头砸死了，又将那只鸟献给了国王，可是这只鸟并不会唱歌。于是他们又用法杖将单花冠公主变成了鸟，结果她也不会唱歌。

而这个时候，三花冠公主先是变成了金国之鸟飞出深洞，又想方设法将三王子从深洞里面接了上来，两个人日夜不停地赶回王宫。

国王坐在卧室里为小儿子感到悲伤时，听见了窗外传来的金国之鸟的叫声。“这一定是我的小儿子带回来的。”他想。果然，没过多久，小儿子就开心地回到了王宫。

三花冠公主给国王讲了事情的经过，国王非常愤怒，处罚了大王子和二王子，他们不仅没有获得王冠，也没有分到财产。

双花冠公主和单花冠公主都恢复了原形。三王子和三花冠公主过上了幸福的生活。

阅读与感悟

三王子正直勇敢，他历经千辛万苦，最终收获了幸福。而大王子和二王子胆小怕事，贪财忘义，当然不会有好结果。正直、勇敢、坚忍、机智……这些优秀的品质是人一生的宝贵财富。

蜘蛛的礼物

很久以前，在离一个小村庄不远的森林空地上，住着一个孤单的老妇人。除了一只蜘蛛，老妇人没有别的同伴。蜘蛛在她黑暗的小木屋的角落里编织着花网，吃着它捉到的肥苍蝇。

老妇人几乎没有什么财产：一个塞满稻草的垫子，是用来睡觉的；一个破旧陶锅，是用来做饭的；一套粗树干砍成的桌子和椅子，是用来吃饭和工作的。她从不抱怨自己贫穷，因为她有一根精细的钢制织针，老妇人就是用这根织针来谋生的。

每天早上，她从土灶上面温暖的草垫上爬下来，吃点儿麦糠粥，然后拿用树枝扎成的扫帚打扫自己的小房间。如果天气好，她会把工作带到屋外的长凳上去做。在那里，她会在白色亚麻布的上衣上绣红色的花和绿色的叶。鸟儿在唱歌，森林里的小动物们在她门外欢快地跑来跑去。遇上下雨天，她就在屋子里工作，她的身旁是同样忙碌工作的蜘蛛。

到了赶集的日子，老妇人会徒步来到村庄，她可以在这里知道些新鲜事，还可以用她的针线活儿换一些奶酪、面粉之类的东西，也会购买工作用的布和线。

春天，她在森林里采摘一些蔬菜做沙拉酱；夏天，她在森林里收集一些浆果做甜点；秋天，她在森林里找来一些蘑菇做汤，再存储一些核桃为新年做准备；但是到了冬天，雪覆盖了森林能提供的所有东西。

有一年夏天，这里几乎天天下雨，老妇人和蜘蛛几乎整日在屋子里辛勤地工作。不知不觉又到了秋天，凉风习习，老妇人蜷缩在温暖的火炉旁，蜘蛛大胆地从屋子角落里爬出来，在靠近火炉的地方结起了网。

当村民们采完蘑菇后顺便来拜访老妇人时，他们注意到了火炉旁的蜘蛛网。他们觉得蜘蛛把网结在这里很奇怪，建议老妇人把蜘蛛网清理掉。老妇人反对说："蜘蛛做着它的工作，我做着我的工作，我们和平相处。"

这个冬天，雪来得比平时早，也比平时大。厚厚的积雪覆盖了通往村庄的路，老妇人无法再到村子里去交换食物了。这种糟糕的情况以前从来没有发生过。为了节省着过日子，她每天只吃一点点食物，因为线不多，所以工作也不得不减少了，而且她还需要冒险到森林里捡些树枝来烧火取暖。

新年就快要到了，积雪依然很厚。一天，老妇人忍着饥饿和寒冷到森林里去找木头。不经意间，她发现一棵大松树的顶部被积雪压断掉落了下来，这一截松树足有一人高，颜色嫩绿而美丽。老妇人喜出望外，像发现了宝贝一样高兴。

松树被安放到了老妇人的小木屋里，松树的清香在屋子里弥漫开了，沁人心脾。但老妇人的苦恼也随之而来，她自言自语道："这棵树虽然漂亮，但是却光秃秃的，我实在没有钱去装饰它。"蜘蛛听到了她的话。

带着沉重的心情，老妇人爬到床上睡觉去了。

那天晚上，屋外刮着大风，雨夹雪凶猛地敲击着木屋。老妇人睡熟了，但是蜘蛛却通宵未睡地织着网。

当粉红色和黄色的黎明曙光像伸出的手指摸索着从百叶窗射进来时，老妇人睡醒了，她一睁开眼睛，惊奇地发现她的树变了模样。薄纱般的丝线从树的一个树枝绕到另一个树枝，在晨光的照射下闪烁着柔和的光芒。

阅读与写作

这句话运用比喻的修辞手法，把丝线比作薄纱，生动形象地写出了树外形的变化，突出了树经过蜘蛛装扮后显得与众不同。

这是蜘蛛为她装扮的树！

她欣赏着这棵无与伦比的树，眼里泛出了激动的泪花。

门外雪橇冲破冰雪的声音伴随着一串丁零当啷的铃声传入小木屋，老妇人回过神来。这大冷天是谁来拜访了？原来善良的村民们并没有忘记她，他们带着甜菜、土豆、卷心菜和刚出炉的面包来到了老妇人的家。

“你一个人被冰雪困在这里，一定害怕了吧？”一个村民关切地问老妇人。

老妇人却笑着说：“我的蜘蛛一直陪着我，看，这是它送给我的礼物，多美好的礼物哇！”

大家心生敬畏，一齐注视着那株闪闪发光的树。

第二年冬天，老妇人又从森林里带回一棵小松树。松树的香气让她又想起了去年蜘蛛送给她的闪闪发光的树。“今年，”老妇人想，“我要回报它的好意。”

在新年到来前的最后一次集市上，她卖了自己的针织品，买了一个星期所需的日用品，然后，她用几枚硬币买了一些彩色玻璃珠。

那天晚上，她把玻璃珠用稻草穿起来，然后把它们固定在胡桃壳上。每个圆圆的胡桃壳下都悬挂着八个闪着光的珠子，漂亮极了。她把这些“坚果蜘蛛”挂在树上，向那只为她编织希望的蜘蛛致敬。

她还做了许多这样的饰品送给村民们，以感谢他们的帮助。于是，村子里家家户户的装饰树上都挂起了“坚果蜘蛛”。

直到今天，那里的孩子们还会用镶有宝石的形似蜘蛛的饰品装饰他们的树。

阅读与感悟

蜘蛛给老妇人送了一件特别的礼物，老妇人的感激之情一直延续到今天。老妇人与蜘蛛患难与共，让人感动。我们都应有一颗感恩的心，感激遇到困难时依然陪伴我们的人和动物。

巨人和小人儿

芬恩·麦克库尔是一位传奇英雄，他正直善良，充满了智慧，一生中做了无数的好事。他公正慷慨，因此有很多英勇善战的勇士追随在他的左右。

有一次，芬恩在海边散步，突然间他发现，一个巨人踏着海浪向他走来。芬恩简直不敢相信自己的眼睛，巨人慢慢向他靠近。巨人靠近后礼貌地和芬恩问好，然后询问："请问您知道芬恩·麦克库尔在哪里吗？我们的国王希望他能帮忙做一件事。"

芬恩听后没有立刻承认自己就是巨人要找的人，而是谨慎地询问："你是谁？需要芬恩做什么？我可以帮你把口信传给他。"巨人听后说明了自己的来意，原来巨人国的王后就要生孩子了，希望芬恩前去做警卫。

国王的前两个孩子都在出生后被人偷走了，一直到现在都没找回来，他不希望自己的第三个孩子也被偷走。芬恩答应帮巨人转达这个请求，然后就目送巨人踏着海浪离开了。

第二天，芬恩又来到海边散步，这一次他远远地看见一群个子矮小的人在玩棒球，他经过他们身边的时候和他们问好。

芬恩说："你们是谁？我怎么从来没有见过你们。"

"但是我们见过你，伟大的芬恩·麦克库尔。我们是小人儿国的小人儿，各有各的本事。"

"真的吗？"芬恩惊讶地问，"那你们都能做什么？"

小人儿们争先恐后地回答："我是懒脊骨，从我生下来就没有人推得动我。"

"我是顺风耳，我坐在这里，就能听见东方世界里的耳语声。"

"我是千里眼，我能看见千里之外慢悠悠飘下来的叶子。"

小人儿们一个接一个地介绍自己："我是早晓得，我能提前知道世界上各个角落将要发生的事情。"

"我叫三只手，只要我想，我能拿来这个世界上的任何东西。"

"我叫爬树精，我能爬到世界上任何一座山峰或者城堡上，不管它们的表面是否光滑。"

"我是神箭手，我能射中任何一样东西，即使是正在空中飞的蚊子，我也能射中。"

“我我我，该我啦，我叫巧木匠，我能够用木头做出任何东西。”

芬恩听完小人儿们的自我介绍，感觉神奇极了。他诧异地问巧木匠：“你这么厉害吗？如果现在让你造一艘船的话，你需要多长时间呢？”

“你转过身去，再转回来就好了。”巧木匠当着芬恩的面捡起了一块木头，然后趁着他转身，立刻将木头扔进了海里。当芬恩转回身，就看见了一艘极具气势的大船在海岸附近停靠着。

芬恩高兴极了，连忙对小人儿们说：“太好了，我想要乘着这艘船到巨人国去，你们愿意和我一起去吗？”

“伟大的芬恩·麦克库尔，我们当然愿意。”小人儿们异口同声地说。

于是芬恩和小人儿们开始准备海上航行所需要的东西。一切准备就绪后，他们就扬帆起航了。没过多久，他们就抵达了巨人国。

此时，巨人国的王后刚刚生下了小王子，国王连忙将芬恩他们迎接进来，设宴款待他们。

宴会过后，国王对芬恩说：“我的王后刚刚生了一个王子，请您今夜一定要帮我保护好我的儿子，我的大儿子和二儿子就是在出生当天的夜里被人偷走的。”

芬恩认真地答应了，他向国王担保一定会保护好小王子。他请求国王把小王子放在城堡最牢固的房间内。国王答应了，带着小王子、芬恩和小人儿们来到了房间里。

国王走后，早晓得就对芬恩说：“你要大祸临头了，不管我们做什么，孩子一定会被偷走的。”

芬恩说：“真的吗？既然这样，你不如告诉我到底是谁要偷走国王的孩子。”

“那个人是国王的亲姐姐，”早晓得说，“其实大王子和二王子也是被她偷走的。她是一个恶毒的女巫。很久以前，她跟国王有过一次激烈的争吵，她在恨意的驱使下，偷走了国王的孩子。”

“那她是怎么做到的呢？”芬恩问。

“她借助魔法隐身后进来，又因为城堡戒备森严，只能从屋顶上的烟囱里伸下手来，偷走孩子。”

懒脊骨听了早晓得的话后，发誓说：“今夜我就坐在炉子边，如果她敢把手伸下来，我就紧紧抓住，不会让她再缩回去了。”然后他们就坐在一起消磨时间。

半夜，顺风耳突然喊道：“我听见那个女巫要来了，她还让她的仆从看好大王子和二王子呢！”

千里眼也立刻说：“是真的，我看见她从城堡里走出来了，她的城堡竟然没有门，只有一个开口，而且外表看起来就像玻璃般光滑！”

芬恩说：“请一直监视她，等她快要到达这里的时候提醒我们。”

千里眼点点头答应了。不久他就说女巫快到了，马上就要靠近这里了。千里眼刚刚说完，女巫又长又黑的手就顺着烟囱出现在了众人面前。

懒脊骨见状，立刻上前紧紧抓住女巫的手，无论她怎样挣扎都不放开。

最后，女巫只得放弃了自己的手臂。

懒脊骨将女巫的手臂从烟囱里面拉出来，众人正惊讶于这条手臂的长度，女巫已经用另一只手将小王子抓走了。

“这下我们该怎么办才好？我们赶紧逃吧，不然等到早上国王发现后，我们都会被惩罚的。”小人儿们着急地说。

芬恩摇了摇头："我们答应了国王会保护好他的小王子。现在我们赶紧去追女巫，救回国王的王子！"

于是他们立刻乘船去追女巫，到达目的地后，他们决定分头行动。爬树精、三只手和几个小人儿一起去女巫的城堡，而芬恩、神箭手和剩下的几个小人儿留在船上看守船只，作为接应。

阅读与写作

此处是语言描写。芬恩的话体现了他勇于面对困难，坚决履行诺言的美好品质。

女巫的城堡果然没有门，只在最上面的地方有一个开口，表面也十分光滑。不过对爬树精来说，这可不是什么难事。他背上三只手，非常利索地来到了开口处。

三只手慢慢爬到城堡里面，很快带出了刚被偷走的国王的小儿子。他把孩子交给爬树精，爬树精将孩子交给等在下面的小人儿，小人儿们将孩子运回船上。就这样，他们用同样的方法将大王子和二王子也带了回来。

很快，所有人，包括大王子、二王子和刚刚出生的小王子都安全地回到了船上。芬恩看见所有人都回来了，非常高兴，立刻命令开船。

"女巫就快追来了，"早晓得说，"我们现在必须赶紧回到巨人国。"

"我看见她的话，会立刻瞄准她，向她射箭。"神箭手说。

"她发现三兄弟不见后发了好大一顿火，现在已经发现我们，正迅速赶来呢，现在已经离我们很近了。"千里眼说。

神箭手打起精神，一看见女巫就拉弓射箭，射中了她的一只眼睛。女巫眼前一黑，她用双手遮着自己的眼睛，尖叫着掉入大海，再也没有出现过。

芬恩他们回到巨人国的时候天还没亮，于是他们回到原先那个房间，围坐在一起说说笑笑。国王派人来打探情况，知道里面一派热闹的景象，就明白小王子一定很安全，又听说里面还有两个陌生人，立刻亲自来到房间。

芬恩给国王打开门，并告诉他：“小王子一切都好，我们还把大王子和二王子救回来了。”国王感动不已，连忙上前抱住了自己的孩子。

国王十分感激芬恩和小人儿们做的一切，也被他们的勇敢和智慧深深折服，于是准备了丰盛的食物和美酒招待他们，一直庆祝了七天七夜。

阅读与感悟

芬恩在小人儿国的小人儿们的帮助下，凭借着勇敢和智慧打败了邪恶的女巫，救回了巨人国的王子们。平日里，勇气和信念就是我们的强大动力，可以帮助我们走出困境。同时，我们也要学会灵活运用自己的大脑，妥善地处理事情。

莫琳的竖琴

莫琳和她的两个姐姐梅格和佩格一起，在爱尔兰一座优美的小镇上过着平静的日子。莫琳是一个勤劳能干的好姑娘，相比之下，她的两个姐姐却好吃懒做，她们终日窝在家里无所事事，却指挥莫琳每天一大早就去草场放羊，靠她一个人的辛苦劳作来养活家庭。即便如此，她们还老抱怨家里贫穷，责备莫琳不够努力。

莫琳默默忍受着两个姐姐的懒惰，每次放羊，她都会带上自己心爱的竖琴——这也是家里最值钱的东西。她很爱护自己的竖琴，每天早上都要小心地把它抱在怀中，每晚睡前也要仔细地将它擦拭干净。

“莫琳，你的竖琴有什么用呢？家里只有你会弹竖琴，而你的音乐对我们来说，既不能穿又不能吃，更不能变成金子！不如我们把竖琴卖了，至少可以换一些银子。”姐姐梅格和佩格动起了歪脑筋。

莫琳怎么会同意呢？这可是她最喜欢的竖琴，用它演奏出的音乐，就像是她生命里最美满、最充实的一部分。

为了保护竖琴，莫琳更是每天都把它带在身边。白天放羊的时候，羊群在附近吃草，她便倚靠在树下，弹奏起自己的竖琴。随着她手指的拨弄，树荫底下流淌出动人的音乐，像微风一样轻轻拂过草地，拂过羊群，拂过行人的耳朵。草儿低下了脑袋，羊儿忘记了吃草，行人忘记了赶路。

一个春天的清晨，莫琳正陶醉在自己的演奏里，突然感到有谁在拉她的裙子，她四处寻找了一番，低下头才发现一个小精灵正从自己裙边翩翩飞起。

小精灵盘旋了几圈，落在莫琳扶住竖琴的手上。

“莫琳！”小精灵说，“你的琴声已经传到我们的礼堂里了！我们精灵国的国王听了之后非常喜欢，希望今晚能邀请你参加我们的舞会。请问我们有幸聆听你美妙的琴声吗？”

“请代我向精灵国国王表达最诚挚的感激，我非常愿意！”莫琳听说自己的琴声得到了国王的认可，羞赧地低下了头，她很高兴能有人如此欣赏自己的琴声。

当天晚上，趁姐姐们熟睡之后，莫琳小心地背上自己的竖琴，蹑手蹑脚地从床上起身，摸黑来到屋外，踩着朦胧的月光，向森林另一边的精灵礼堂走去。

早已有精灵在路边等候，她们和莫琳打过招呼之后，便扇动翅膀，围绕她的衣裙飞舞，一路上遇到的精灵越来越多，很快莫琳的身边就闪动起美丽的萤火，远看像一片星星在森林里穿行。莫琳脚下越来越轻，就像被小精灵们带动着在半空中飞舞。她们越跑越快，直到抵达森林另一头的山脚，山门“豁”的一声敞开。等莫琳回过神来时，她已经置身山的里面了。

太神奇了，这里居然有一座金碧辉煌的宫殿，奇异的花朵铺展在地面，形成一条柔软的地毯。莫琳被小精灵们簇拥着，来到一间满是精灵和仙女的大礼堂里。

精灵国王坐在礼堂中间，微笑着向她致意：“莫琳小姐，欢迎您莅临宫殿，很高兴这一晚的舞会能拥有您这样一位才华横溢的音乐家！”

莫琳向国王深深鞠了一躬，退到演奏席上。舞会马上就要开始，小精灵们欢呼起来，提琴手拉起了琴。莫琳向大家行礼之后，拿出她的竖琴，将琴身倚靠到胸前，双手开始轻盈地拨弄琴弦，她的指尖就像在竖琴上舞蹈，琴声悠扬，如春水般流淌到礼堂的每一个角落，仙女们伴着音乐翩翩起舞。

阅读与写作

这里使用了比喻的修辞手法，将手指弹奏竖琴比作在舞蹈，将琴声比作春水，让故事所描述的画面更加形象具体起来，令我们身临其境，仿佛能感受到莫琳演奏时的优雅，听到她动听的琴声。

莫琳从来没有如此尽情地演奏过自己的音乐，她沉醉在音乐的世界里，任由心中的韵律涌上指尖，又在琴弦轻微的震颤中流泻而出。直到手指发酸，她才加入仙女的队伍中，跳起了动人的华尔兹。

“你太有天赋了，我从没有听过如此动听的音乐！”舞会结束后，国王真诚地夸奖莫琳，“可是你为什么要把这样的天赋浪费在羊群和你那懒惰的姐姐们身上？留在这里吧，我将赐予你享不尽的荣华富贵！”

这个提议太诱人了，莫琳犹豫了一会儿，还是摇了摇头，抱歉地对国王说道：“谢谢国王的好意，但请原谅我，姐姐是我的家人，她们不能没有我，每个人都有自己的责任，照顾她们是我的责任。”

国王遗憾地低声说道：“要么工作，要么挨饿，慵懒者不应该坐享他人勤劳的收获。”

虽然国王很舍不得莫琳，但他也很尊重她的想法，送别之前，他握住莫琳的手说："抱歉，我们占用了你宝贵的睡眠时间，为了报答你精彩的表演，我要送你一身的金子作为礼物。"

莫琳微笑着说："知音难求，您的赏识就是最好的礼物！"

国王点点头，面对这样一个善良、质朴的姑娘，他眼中不禁闪烁着欣赏的光芒。

第二天早上，姐姐们发现莫琳居然还没有起床去放羊，立刻怒气冲冲地叫醒了她。

"你怎么回事，眼圈黑得像涂了木炭一样，还不快起床去放羊！"

诚实的莫琳为了避免姐姐们生气，一五一十地将事情的经过告诉了她们。没想到，两个姐姐一听到莫琳拒绝了金子，都变得异常生气。

两个人异口同声地说道："你居然拒绝了金子！"

"你怎么不为我们考虑考虑？"梅格生气地喊道。

"如果你要了那些金子，你知道我们可以买多少礼服，多少珠宝？能住上多么豪华的房子？你总是只想着你自己！"佩格不停地责备着她。

莫琳哑口无言地望着她们，在她们滔滔不绝的谩骂下显得不知所措。

"今天！将由我们去放羊！"两个姐姐齐声宣布。

莫琳不知道她们在打什么主意，只见她们一把抢走了莫琳的竖琴，箭

一样飞向了草场，差点儿忘记要打开羊圈让羊群跟上。

在草地上，她们模仿莫琳的样子，轮流拨弄着琴弦唱歌，可是，她们的歌声和琴声都太难听了，鸟儿吓得从树上四散逃走，羊群躲到田野的远处缩成一团。

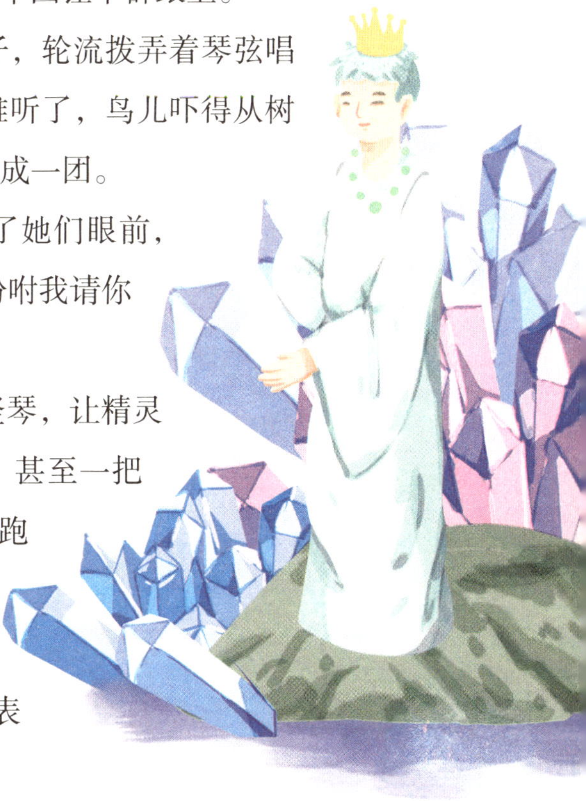

不一会儿，一个精灵就出现在了她们眼前，对她们露出一副苦涩的笑容："国王吩咐我请你们前往礼堂。"

两个姐姐兴奋极了，立刻收起竖琴，让精灵带路。她们迫不及待地催促着精灵，甚至一把揪住精灵的翅膀，朝森林另一头飞跑而去。

"你们休想像打发莫琳那样打发我们！"梅格说道。佩格频频点头表示同意。

精灵二话不说，忍耐着两个人的蛮横，将她们带到山脚，领进了山门，果然，那里有一座宏伟的宫殿，道路上洒满了七彩的花朵，而莫琳口中的精灵国国王正等待着她们的到来。

"你们二人可是来领取你们妹妹的奖赏的？"

"我们是来为舞会演奏……"佩格话音未落就被梅格立刻制止了。

"当然，我们来拿回本该属于我妹妹莫琳的奖赏。"梅格理直气壮地说道，"你怎么能让她空手而归呢？"

国王笑了起来："每个人的付出都应该获得回报，但莫琳不愿意接受她的回报，你们愿意为她接受这个奖赏吗？"

两个姐姐连忙点头。

"好的。"国王说完哈哈大笑，梅格和佩格不清楚国王会不会让她们如愿。

不一会儿，两个姐姐发现彼此的身体正在发生变化，她们高兴极了，以为身上马上就会坠满黄金。但事与愿违，她们很快发现一切都不对劲，可就在她们想要叫喊的时候，却发不出一句话了！

莫琳在家里久久不见姐姐们归来，心里很是担忧，她来到草场寻找她们，见到羊群在草地上心满意足地吃草，自己的竖琴静静靠在树旁，唯独没有姐姐们的身影。

奇怪的是，羊群里多出来两只以前从来没有见过的羊，它们行为恶劣，不听管教，村子里也没人前来认领。

时光荏苒，又到了剪羊毛的季节，莫琳惊奇地发现，所有的羊剪下来的毛都是白色的，唯独新来的那两只，剪下来的毛却是金色的。

莫琳把金羊毛织成了美丽的金布，在集市上受到贵妇们的疯抢。很快，这些抢手的金布便卖了很多钱，不久，莫琳就变得富有起来。然而，莫琳依然每天前往草场放羊，靠在树下弹奏自己的竖琴，她的琴声越来越动听了，所有羊儿都沉浸在她美妙的音乐里，唯有那两只恶劣的羊儿，跑到远处的山脚下，痛苦地用羊蹄捂住耳朵。

阅读与感悟

这篇故事把莫琳的勤劳、善良与姐姐们的好吃懒做做对比，告诉我们只有勤劳的人才能得到收获，好吃懒做还想占用他人的劳动成果，到头来只会害了自己。同时，莫琳对竖琴的热爱也告诉我们要坚持自己内心热爱的东西，并坚定地去守护它。

我的读后感

读《欧洲民间故事》有感

古老的民间故事总能为我带来愉快的阅读体验，它跨越时间和空间的界限，带我徜徉于想象的世界。这些口耳相传的民间故事，蕴含着朴实而深刻的道理，使我获得智慧和力量。

《欧洲民间故事》这本书让我从一个新的视角认识了欧洲，有助于我了解欧洲的悠久文化和传统习俗。《亚瑟王拔剑》的故事让我感受了欧洲的骑士文化，《十二个月之神》让我知道了做人不能贪心，《滑头的小酒馆老板》让我懂得了做人要实在，不能弄虚作假……

这些经久不衰的故事歌颂着真善美的正义精神。正义的杰克战胜了邪恶的巨人，善良勤劳的莫琳得到了金羊毛，弄虚作假的小酒馆老板得到了惩罚……书中最让我难忘的故事是《寻找地下宝藏》。懒惰的马里奥听说地下藏着五十根金条后，不辞辛劳、马不停蹄地开始了寻宝行动——除草、翻地、浇水、施肥。虽然没找到金条，他却在不知不觉中收获了一大片莴苣。当有人用五十根金条买所有的莴苣时，他才明白过来，地下宝藏原来就是这些莴苣，财富是需要用劳动来换的。通过马里奥的故事，我明白了天上不会掉馅饼，只有肯付出才会有收获。

书中的故事都很精彩，我会将它们分享给我的同学们，让更多的人汲取到书中的智慧和力量。

扫码跟随"AI故事精灵"
叩开
童话秘境之门
AI故事
小精灵
24小时在线互动
解答你的疑惑
动画
广播站
收听经典童话
品味文学魅力
阅读
百宝箱
掌握阅读技巧
提升读写能力
灵感
魔法屋
AI故事改写
激发无限想象力

荟萃优秀文学作品
"快乐读书吧"
阅读书目
提升语文核心素养

《欧洲民间故事》

阅读指导手册

YUEDU ZHIDAO SHOUCE

经典名著趣味读，阅读素养天天长

随书附赠

第一章

《欧洲民间故事》导读

随着对世界各地文化的不断研究，我们对欧洲民间故事早已不再陌生，比如我们喜爱的《格林童话》，就是德国的格林兄弟收集整理欧洲民间故事改编而成的童话集，《列那狐的故事》也起源于法国民间。还有许多著名的欧洲民间故事被搬上了大荧幕，比如英国的《杰克和豆茎》，这些故事跨越国界，在全世界流传，经久不衰。

欧洲民间故事与中国的民间故事一样，也是通过口头传播的方式流传下来的，也反映了民众意愿，承载了民族精神，同时，欧洲民间故事也有着独特的标志，那就是浓郁的欧洲风情。翻开这些故事，我们可以看到英勇的骑士、善良的女孩，还会遇见邪恶的女巫、凶猛的巨人、灵巧的精灵，他们让欧洲民间故事绚丽多彩。

通过这些故事，我们还能了解到欧洲一些文化景观，如西班牙的熊抱树雕像。当我们读到《圣·尼古拉斯的传说》时，也似乎感受到了西方一些节日的气氛。那么，让我们翻开这本书，来一场特别的欧洲之旅吧！

主人公素描

欧洲民间故事中的主人公大多具有传奇色彩，比如勇敢的骑士、残忍的巨人等。故事塑造了许多经典人物形象，现在我们来简单分析一下一些人物形象吧。

★ 罗宾汉（出自《侠客罗宾汉》）

身份：舍伍德森林里行侠仗义的英雄好汉

外貌特征：武艺超群的英雄形象

性格：正义、勇猛

罗宾汉能征善战，但后来遭到坏人迫害，逃到舍伍德森林当起了绿林好汉。他劫富济贫，为民除害，在国家遭到侵略时挺身而出，保卫祖国。

★ 圣·尼古拉斯（出自《圣·尼古拉斯的传说》）

身份：每年给荷兰人带礼物的慷慨老人

外貌特征：白胡子，穿着红袍，骑着白马

性格：乐善好施

尼古拉斯初次到荷兰就被当地的风景与人文所吸引，他为那里的人们带去礼物，给穷困的人们送去钱财。以后每年12月5日的晚上，他都会来到荷兰，荷兰人非常喜欢他。

情节检索

情节是为表现主题思想而设立的，因此，解读情节是我们在阅读一部作品时必不可少的步骤。

我们在通读文章后，应对文章的框架结构进行梳理，这样有助于把握文章思想与内容。下面我们就以书中的故事为例进行情节梳理。

★《国王的金手指》

国王救了落水的精灵

↓

国王向精灵许下心愿

↓

国王的愿望实现，手指碰到的东西都变成了金子

- 衣服、马、长矛、食物都变成了金子
- ↓
- 小女儿也变成了金子

↓

国王非常伤心，乞求精灵收回愿望

↓

一切恢复如初，国王不再爱金子

寓意点拨

勤劳、勇敢、善良、正直、有智慧，这些优秀品质在全世界都会得到认同，《欧洲民间故事》也同样传递着这些正能量。

★《国王的金手指》

国王向精灵许下心愿，凡是他手指所碰之物都会变成金子。他的愿望实现了，但他最疼爱的小女儿也变成了死气沉沉的金子。国王由最初的兴奋喜悦转变为悲伤难过，最后请求精灵收回愿望。世界上有很多东西比金子更重要，比如亲情、健康等。这个故事提醒人们不要太贪心，万万不可为了金钱丢失宝贵的亲情。

★《自己家里的钉子》

斯文得选择从家里带走一颗钉子，这样的做法被哥哥们嘲笑了。不过，这颗钉子可帮了斯文得许多忙。斯文得最终凭借勤奋和智慧赢得了财富与尊重。相比之下，他的两位哥哥带走看似实用的物品，却因没有好好利用陷入了困境。斯文得热心、勤恳、孝顺，从铁匠、裁缝、鞋匠那里认真地学技能，用学到的本领为家人带来了财富。我们要学习这样的“钉子”精神，重视积累，才能在未来的某一天发光发热，施展自己的才能。

★《“半只鸡”的力量》

“半只鸡”不屈服于强权，当他被国王的侍从欺骗之后，敢去找国王说理。最终，他在朋友们的帮助下，得到了国王的赔偿，侍从也受到了惩罚。“半只鸡”的力量是正义的力量，是民众的力量。我们在生活中也要做正直、勇敢的人，不要向恶势力低头，要以正确的方式争取自己的权利。

民间故事中的文化知识

1. 优秀的传统美德

热爱祖国是世界各国人民都应该坚守、传承并发扬光大的美德，这是人们最基本的道德素养，只有热爱自己的祖国，时刻维护自己的国家，才能称得上一个合格的公民。这一点在欧洲国家也不例外。《侠客罗宾汉》的主人公罗宾汉时刻牵挂着祖国。当他不得不在国家和家人中做出选择时，他果断选择了国家。他的民族大义值得人们敬仰。同时，他身上具有的正直善良、勇敢热心的高尚品质也值得人们学习。

2. 节日的由来

欧洲国家的传统节日丰富多彩，是欧洲千百年历史文化的结晶。圣·尼古拉斯日是荷兰最有特色的节日，在节日期间，圣·尼古拉斯和他的助手会给人们带来礼物。《圣·尼古拉斯的传说》讲述了这一节日的由来。

可见，《欧洲民间故事》一书在讲述精彩故事情节的同时，还让我们了解了欧洲的传统文化和风土人情，从而拓宽了我们的视野，增加了我们的知识储备。

第二章

阅读练习题

一、连线题

请将下面的人物与对应的事件连线。

亚瑟	向国王讨要一袋小麦
“半只鸡”	偷工减料，往酒里兑水
巴尔加利娜	拔剑称王
小酒馆老板	拯救丑妖怪
贝琳达	躲在会唱歌的苹果里

二、文化常识填空

1.《列那狐偷鱼》来源于__________国著名民间故事，也是世界文学作品的瑰宝。

2. 马德里市中心的太阳门广场上矗立着一座地标性雕塑“____________”。

三、选择题

1. 下面哪个情节不是《杰克和豆茎》这个故事中的？（　　）

A. 巨人贿赂骑士的仆人，令仆人杀死了骑士和骑士的孩子。

B. 杰克吹响了城堡门口的号角，然后走过来了一位和善的仙女。

C. 杰克趁巨人睡着了，拿走了会下金蛋的鸡。

D. 杰克趁巨人睡着了，拿走了钱袋。

2. 在《灰额猫、山羊和绵羊》中，灰额猫骗白狼说（　　）是它们的大哥。

A. 熊　　B. 山羊　　C. 绵羊　　D. 它自己

3. 在《贝琳达与丑妖怪》中，贝琳达希望父亲为她带回（　　）。

A. 一条长裙　　B. 一些金币

C. 一条项链　　D. 一枝玫瑰

4. 在《寻找地下宝藏》中，马里奥在地下寻找到的“宝藏”是（　　）。

A. 竖琴　　B. 钱袋　　C. 马车　　D. 莴苣

5. 在《十二个月之神》中，玛萝希卡在（　　）的帮助下，获得了一兜子杨梅。

A. 一月神　　B. 三月神

C. 六月神　　D. 九月神

6. 在《自己家里的钉子》中，斯文得学到的技能不包括（　　）。

A. 打铁　　B. 赶车　　C. 制鞋　　D. 缝纫

四、判断题

1. 在《国王和编筐人》中，编筐人最后因为失信于国王而被砍头了。 ( )

2. 在《聪明的牧羊人》中，小牧羊人没有解除诅咒，永远都长不大了。 ( )

3. 在《熊抱树》中，男孩的妈妈点起火把，吓跑了野熊。 ( )

4. 在《圣·尼古拉斯的传说》中，尼古拉斯将金币从窗户放入了一对姐妹的房子里。 ( )

5. 在《巨人和小人儿》中，小人儿早晓得可以拿来这个世界上的任何东西。 ( )

五、阅读理解

阅读《灰额猫、山羊和绵羊》选段，并回答问题。

山羊和绵羊见狼来了，吓得魂不附体，“咩咩”地直喊救命。灰额猫却临危不惧，勇敢地站出来，说了一番话：“尊敬的白狼先生，您要是愿意与我们比武，我们愿意奉陪，可是您千万不要惹怒了我们的大哥，它脾气不好，不怒则已，一旦发怒谁都免不了要遭殃。您看见它那双手了吧，那里面蕴藏着无限的能量，它与野兽搏斗就用那双手当武器，不知杀死了多少野兽。至于它的尖角，只是后备武器。我看您还是恭恭敬敬地走上前去向它请安问好，您可以对它说：‘今日不必劳您大驾，我们只想跟您的小弟比比力气，就是躺在草堆下面的那一位。’”

这真是一群愚蠢的狼，它们上了灰额猫的当，向山羊鞠躬致意，转身去把熊围住，打算与熊较量一番。熊见它们数目多，努力克制住自己，一步步退让，最后被逼无奈，鼓起全身力气，一手抓起一只狼来。狼见“小弟”有这么大的力量，都吓坏了，便一哄而散。那两只被抓的狼好不容易挣脱了，也夹起尾巴逃走了。

1. 仿照下面的词语再写两个。

魂不附体 ______ ______

恭恭敬敬 ______ ______

2. 选文开头的画线部分使用了什么写作手法？这样写有什么好处？

______

______

3. 狼明明是很厉害的，为什么最后却落荒而逃？你读完选文有什么感悟？请结合实际谈谈。

______

______

______

六、简答题

在《灰额猫、山羊和绵羊》这篇文章中，灰额猫、山羊和绵羊在山坡上烤火准备过夜时，来了一只想取暖的熊，它们四个聊起了天。它们都聊了些什么？你来为它们编写一段台词吧！

参考答案

一、连线题

亚瑟	向国王讨要一袋小麦
“半只鸡”	偷工减料，往酒里兑水
巴尔加利娜	拔剑称王
小酒馆老板	拯救丑妖怪
贝琳达	躲在会唱歌的苹果里

二、文化常识填空

1. 法　2. 熊抱树

三、选择题

1. B　2. B　3. D　4. D　5. C　6. B

四、判断题

1. ×　2. ×　3. √　4. √　5. ×

五、阅读理解

1. 示例：赞不绝口　义不容辞

高高兴兴　纷纷扬扬

2. 画线部分用了对比手法，将山羊和绵羊被吓得魂不附体与灰额猫的临危不惧进行比较，突出了灰额猫的机智、勇敢和淡定。

3. 示例：因为这群狼很愚蠢，机智的灰额猫告诉它们熊是山羊的小弟，狼一看“小弟”这么勇猛，自然不敢去惹“大哥”了，只得落荒而逃。我明白了无论遇到什么困难，都要冷静地去想办法，机智地应对。（答案不唯一，合理即可）

六、简答题

略。

阅读指导手册

YUEDU ZHIDAO SHOUCE

经典名著趣味读，阅读素养天天长